U0439068

大作家 小童书

写给女儿的故事

〔法〕尤内斯库 著 〔法〕艾丁·德来赛 绘

苏迪 译

适合 3 岁以上儿童

人民文学出版社

图书在版编目（CIP）数据

写给女儿的故事/（法）尤内斯库著，苏迪译.
—北京：人民文学出版社，2015
（大作家小童书）
ISBN 978-7-02-011200-5

Ⅰ.①写… Ⅱ.①尤…②苏… Ⅲ.①儿童故事
-作品集-法国-现代 Ⅳ.①I565.85

中国版本图书馆 CIP 数据核字（2015）第 271312 号

Contes 1, 2, 3, 4 by Eugène Ionesco
Illustrator by Etienne Delessert
©Gallimard Jeunesse 1983,1985, 2009, Paris
Simplified Characters Chinese translation rights arranged through
Bardon Chinese Media Agency, Taiwan

著作权合同登记：图字 01-2015-8336 号

责任编辑：卜艳冰 李 殷
装帧设计：李 佳

写给女儿的故事
〔法〕尤内斯库著 苏迪译

出版发行	人民文学出版社
社　　址	北京市朝内大街 166 号
邮政编码	100705
网　　址	http://www.rw-cn.com
印　　制	利丰雅高印刷（深圳）有限公司
经　　销	全国新华书店等
字　　数	40 千字
开　　本	890×1240 毫米　1/32
印　　张	3.625
版　　次	2016 年 4 月北京第 1 版
印　　次	2016 年 4 月第 1 次印刷
书　　号	978-7-02-011200-5
定　　价	25.00 元

版权专有，侵权必究。如有图书质量问题，请与出版社联系调换。

草图：里塔·马绍尔

这四段写给欧仁·尤内斯库孩子的故事
分别于 1969 年、1970 年、1971 年和 1976 年问世。

故事

1

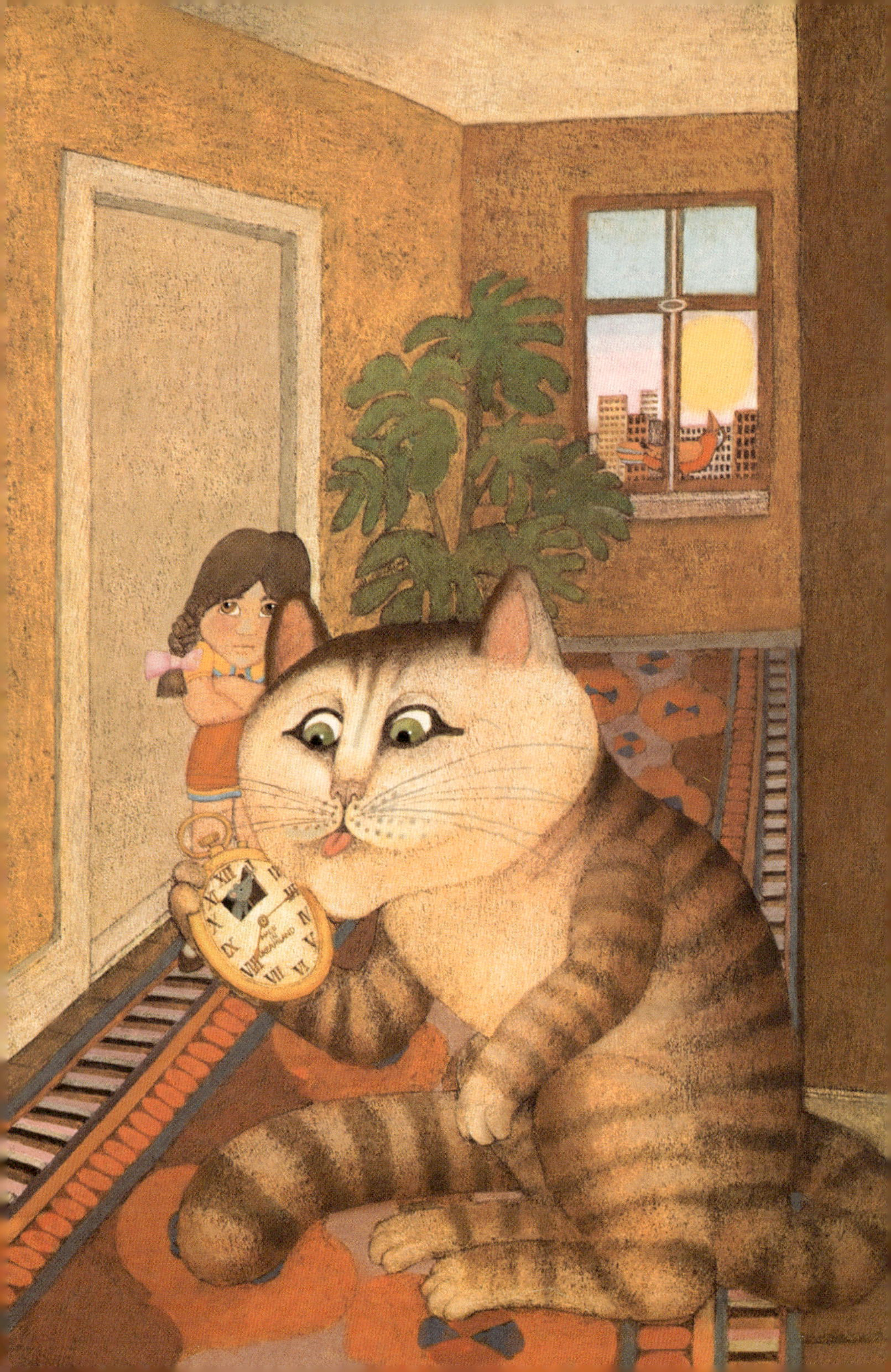

何塞特已经三十三个月了,是个大姑娘了。一天早晨,就像每天早晨她要做的那样,迈着她的小步子,来到爸爸妈妈的卧室前。她试着推开门,试着用小狗的方法把门打开。她失去了耐心,开始叫喊。爸爸妈妈被吵醒了,但他们假装没有听到。

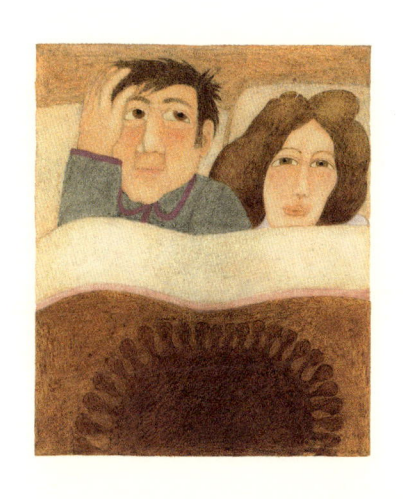

那天早晨,爸爸妈妈很累。因为前一天晚上,他们去了歌剧院,然后去了饭店,去完饭店又去了木偶剧场。所以现在,他们在睡懒觉。

爸爸妈妈这样可不好!

保姆也失去了耐心,她打开了爸爸妈妈卧室的门。她说:

"你好,女士;你好,先生。

这是你们的早报,

这是你们收到的明信片,

这是你们的牛奶咖啡和砂糖,

这是你们的果汁,这是你们的牛角面包,

这是你们烤吐司,这是你们的黄油,

这是你们的桔子酱,

这是你们的草莓酱,

这是你们的荷包蛋,这是火腿,

还有,这是你们的小女儿。"

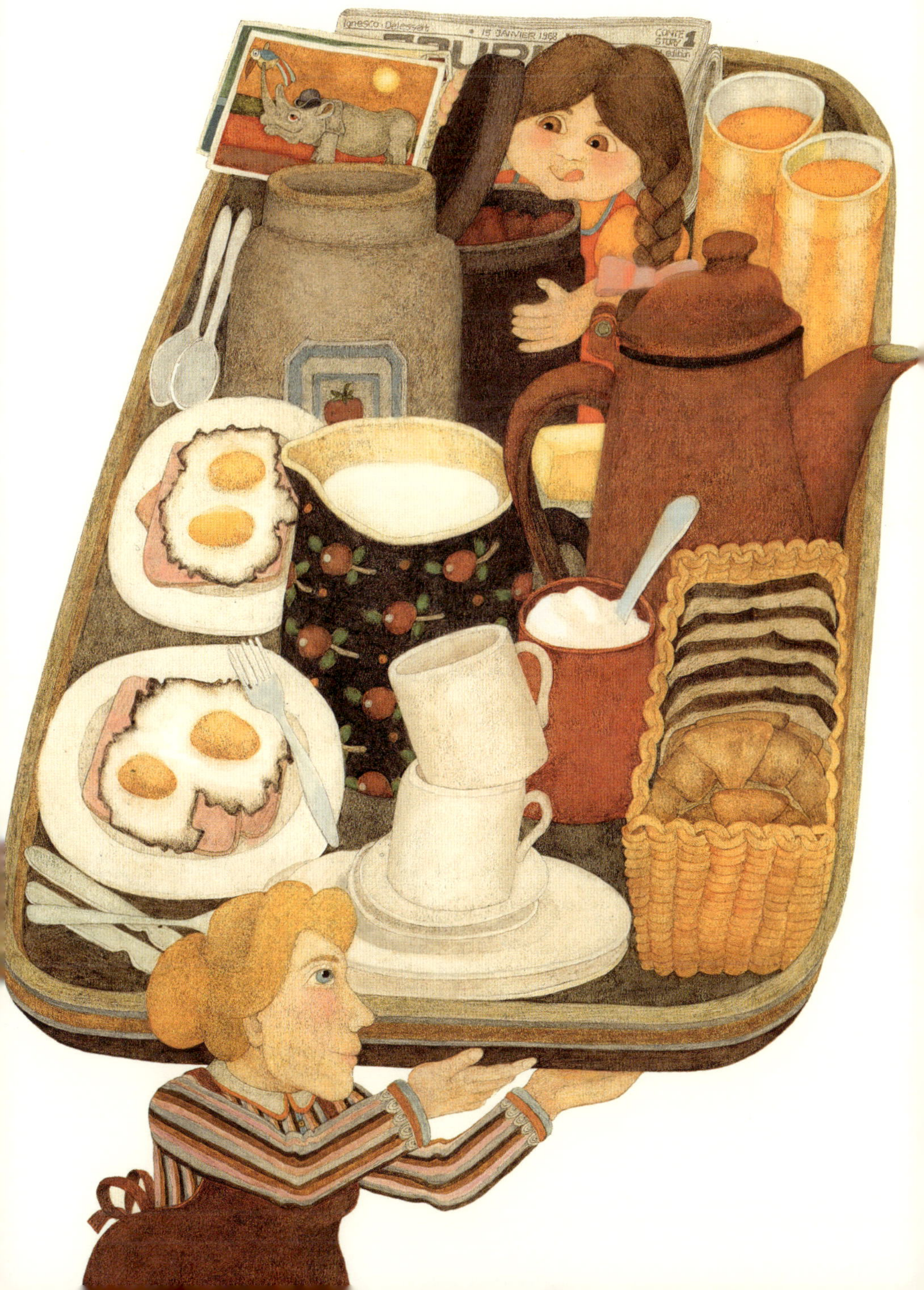
Ionesco · Delessert
15 JANVIER 1968
CONTE STORY 1

爸爸妈妈没胃口，忘了告诉大家，昨晚他们去了木偶剧场之后，又去了饭店。所以现在爸爸妈妈不想喝他们的牛奶咖啡，他们不想吃烤吐司，他们不想吃牛角面包，他们不想吃火腿，他们不想吃荷包蛋，他们不想吃桔子酱，他们不想吃他们的果汁，他们也不想吃他们的草莓酱（这不是草莓酱，这是桔子酱）。

"把所有这些给何塞特，"爸爸对保姆说，"她吃完后，再把她带过来。"保姆用她的胳膊把小女孩抱了起来。何塞特大叫。但是由于她很贪吃，所以她在厨房里一边吃，一边自我安慰："妈妈的果酱，爸爸的果酱，爸爸妈妈的牛角面包。"她喝起了果汁。

"哦！小贪吃鬼！"保姆说道，"你的肚子和你的眼睛一样大！"

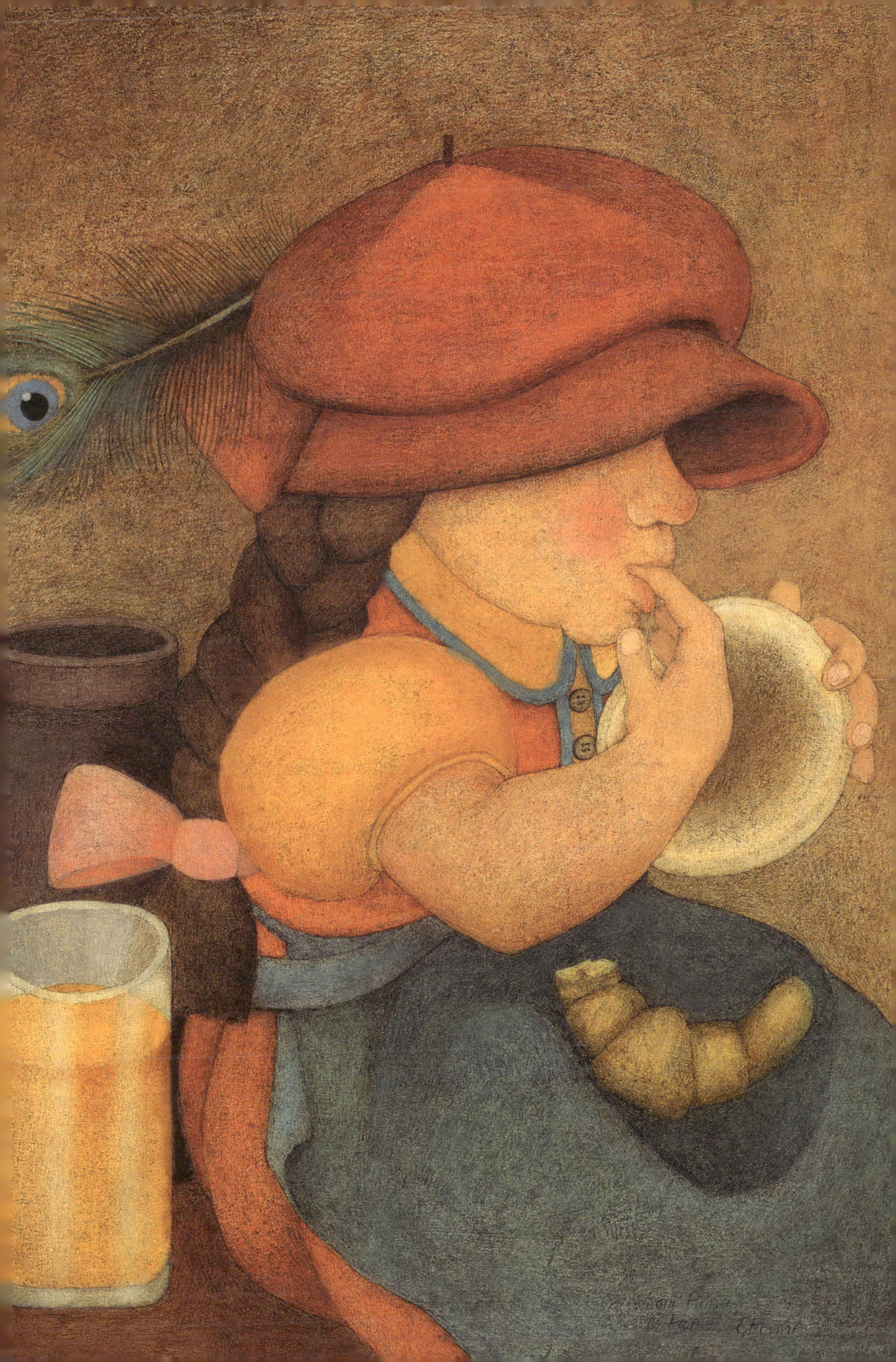

为了不让小女孩得病,保姆喝下了爸爸妈妈的牛奶咖啡,吃下了荷包蛋、火腿和已经放了一个晚上的糯米布丁。

在这段时间里,爸爸妈妈又睡着了,打起了呼噜。没过多久,保姆带着何塞特回到了爸爸妈妈的卧室。

"爸爸!"何塞特说,"夏克林(这是保姆的名字),夏克林吃了你的火腿。"

"没关系。"爸爸说。

"爸爸,"何塞特说,"给我讲个故事。"

于是,在妈妈睡觉的时候,妈妈睡觉是因为她玩得实在太累了,爸爸给何塞特讲了一个故事。

"从前有一个小女孩名叫夏克林。"

"和夏克林一样?"何塞特问。

"是的,"爸爸说,"但她不是夏克林。夏克林是一个小女孩。她的妈妈名叫夏克林夫人。"

"小女孩的爸爸名叫夏克林先生。小夏克林有两个姐妹,她们的名字都叫作夏克林,她还有两个名叫夏克林的表弟、两个名叫夏克林的表妹、一个名叫夏克林的阿姨和一个名叫夏克林的叔叔。"

大作家小童书

"名叫夏克林的叔叔阿姨有两个朋友,分别是夏克林先生和夏克林夫人,他们有个女儿名叫夏克林,有个儿子名叫夏克林。小女孩有一些娃娃,一共三个,名叫:夏克林、

夏克林和夏克林。小男孩有个名叫夏克林的小伙伴,有几匹名叫夏克林的木马,还有几个名叫夏克林的玩具兵。"

"一天,小女孩夏克林和她的爸爸夏克林、她的弟弟夏克林、她的妈妈夏克林一起,去了布隆森林。

在那里,他们遇到了他们的朋友夏克林夫人和夏克林先生,以及他们的女儿夏克林、儿子夏克林,还有他们的玩具兵夏克林和娃娃夏克林、夏克林和夏克林。"

正当爸爸跟小何塞特讲故事的时候,保姆走了进来。

她说:"你要把这小孩搞糊涂了,先生!"

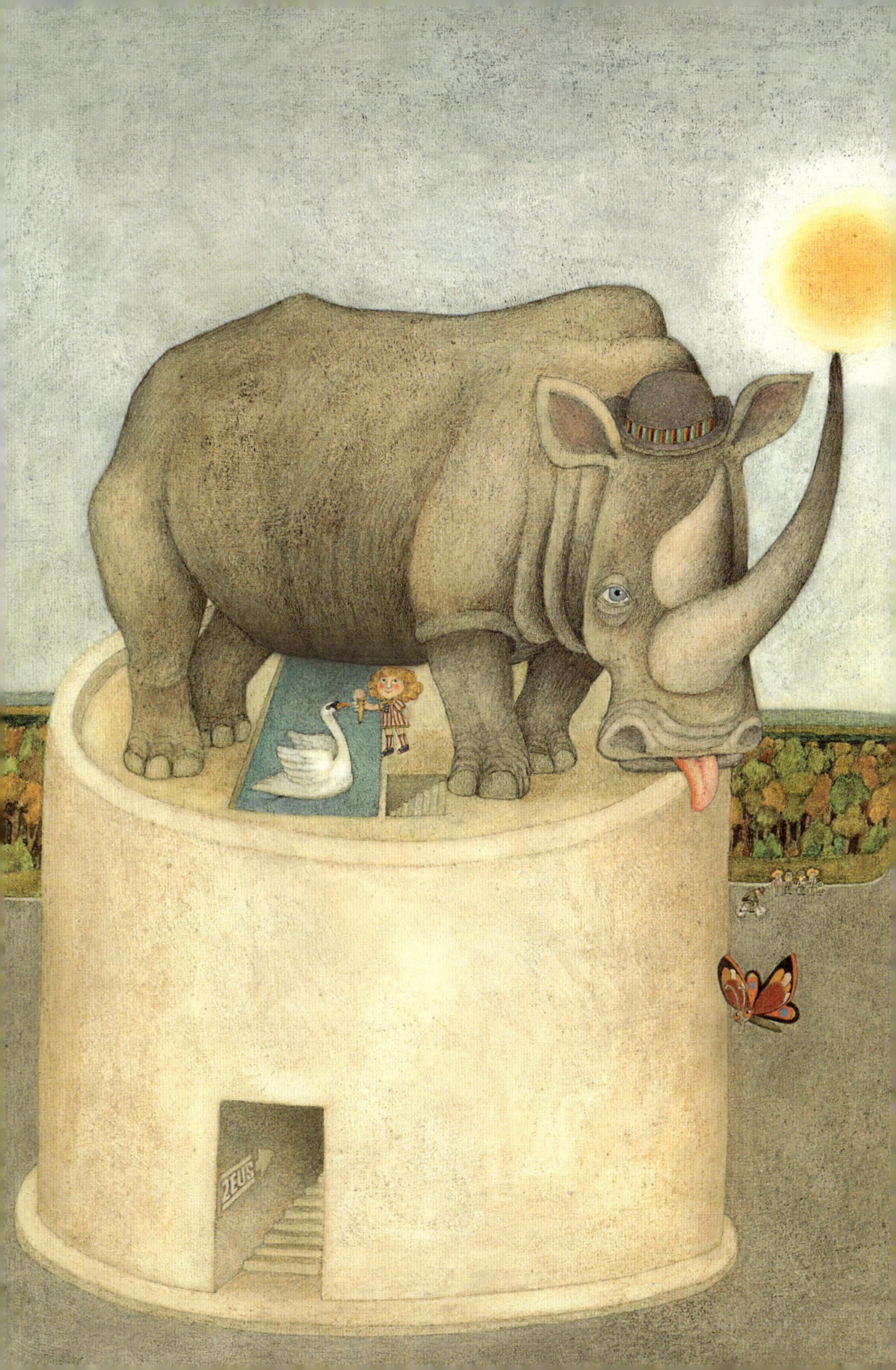
ZEUS

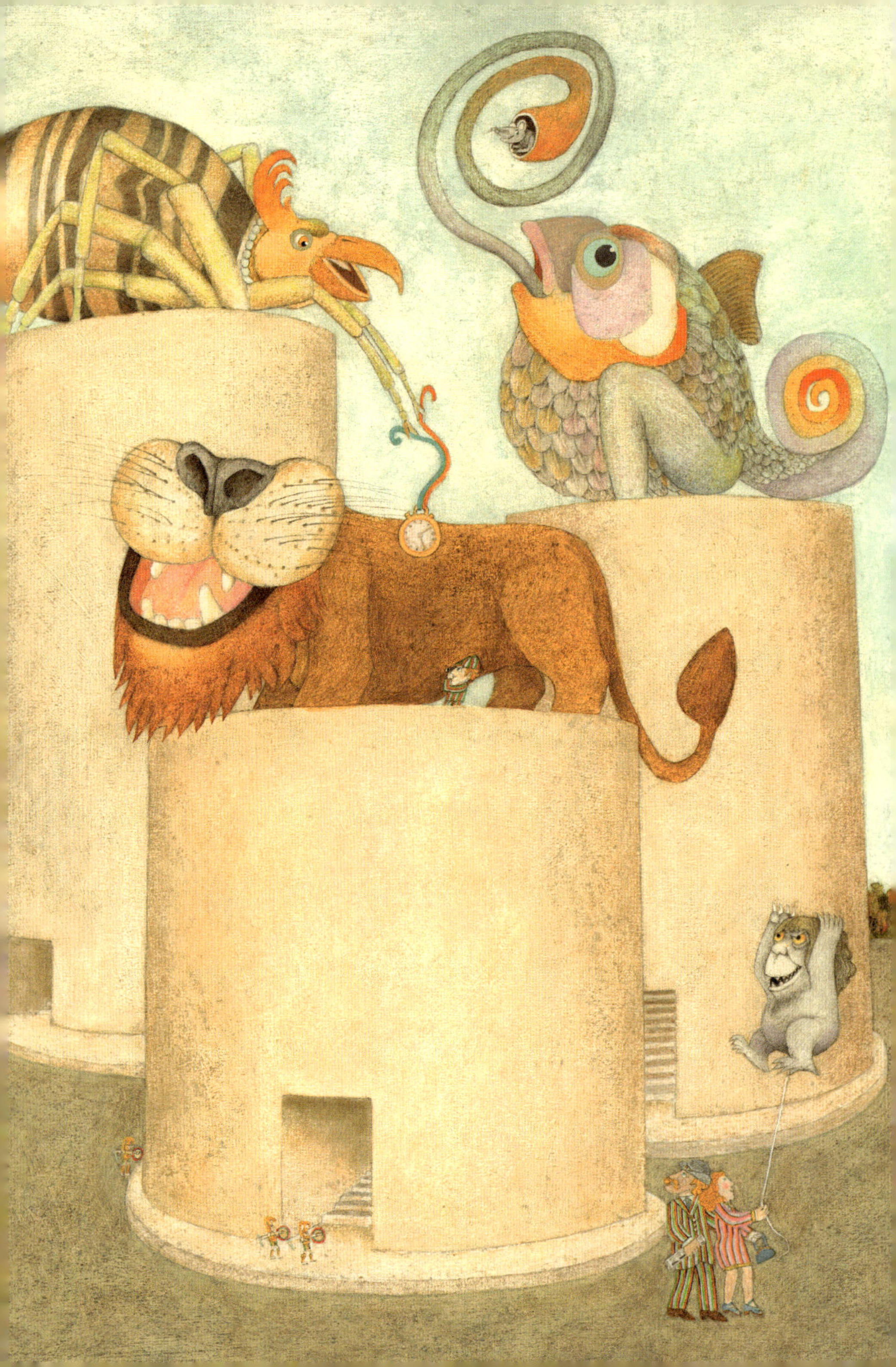

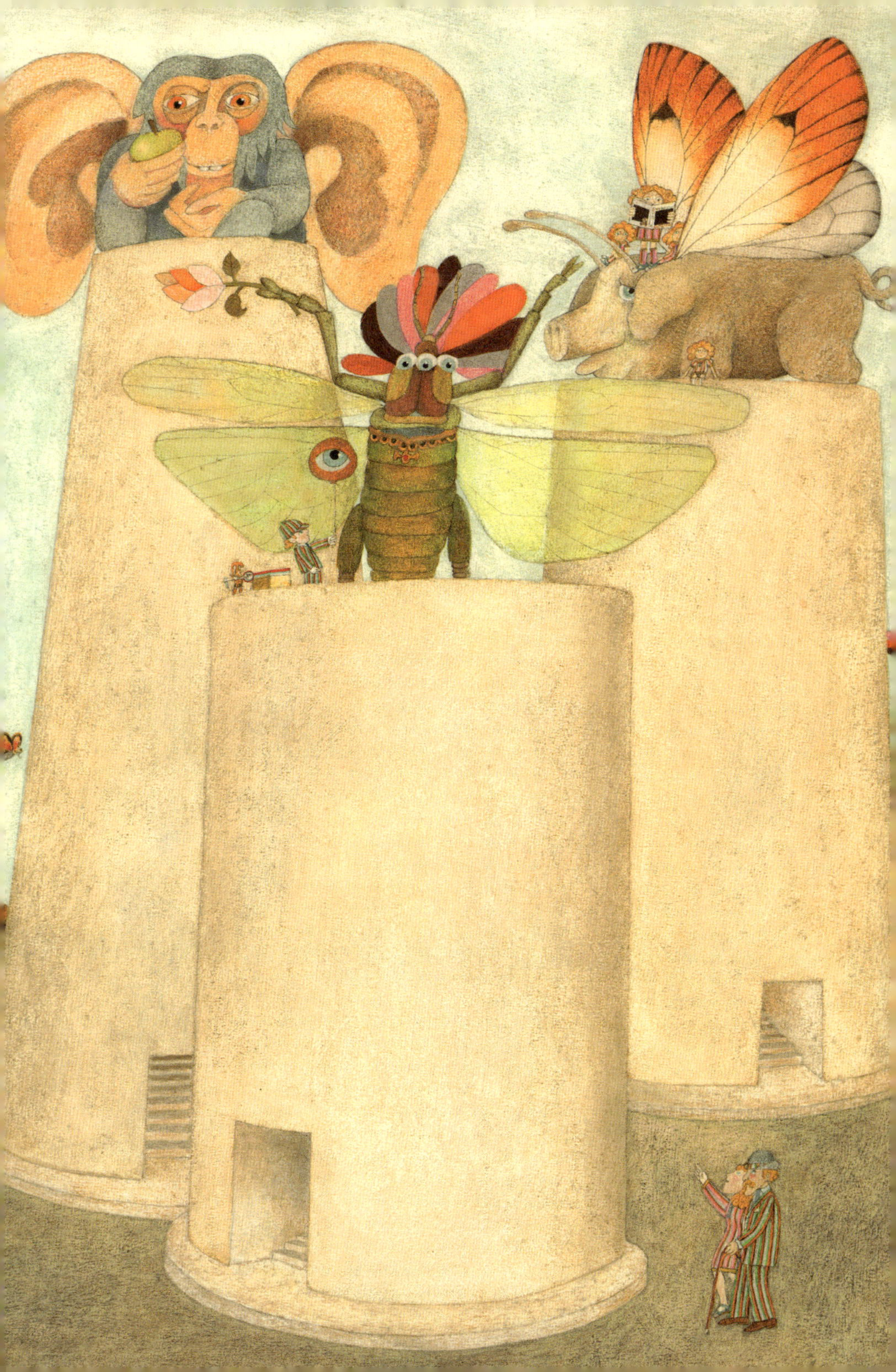

何塞特对保姆说：

"夏克林，我们去商店吧？"

（正如我之前说过的，保姆同样名叫夏克林。）

何塞特和保姆一起去买东西了。

爸爸妈妈又睡着了，因为他们太累了，前一天晚上，他们去了饭店，去了歌剧院，又去了饭店，去了木偶剧场，然后又去了饭店。

何塞特跟着夏克林走进了一家商店，在那里，她遇到了一个跟在爸爸妈妈后面的小女孩。

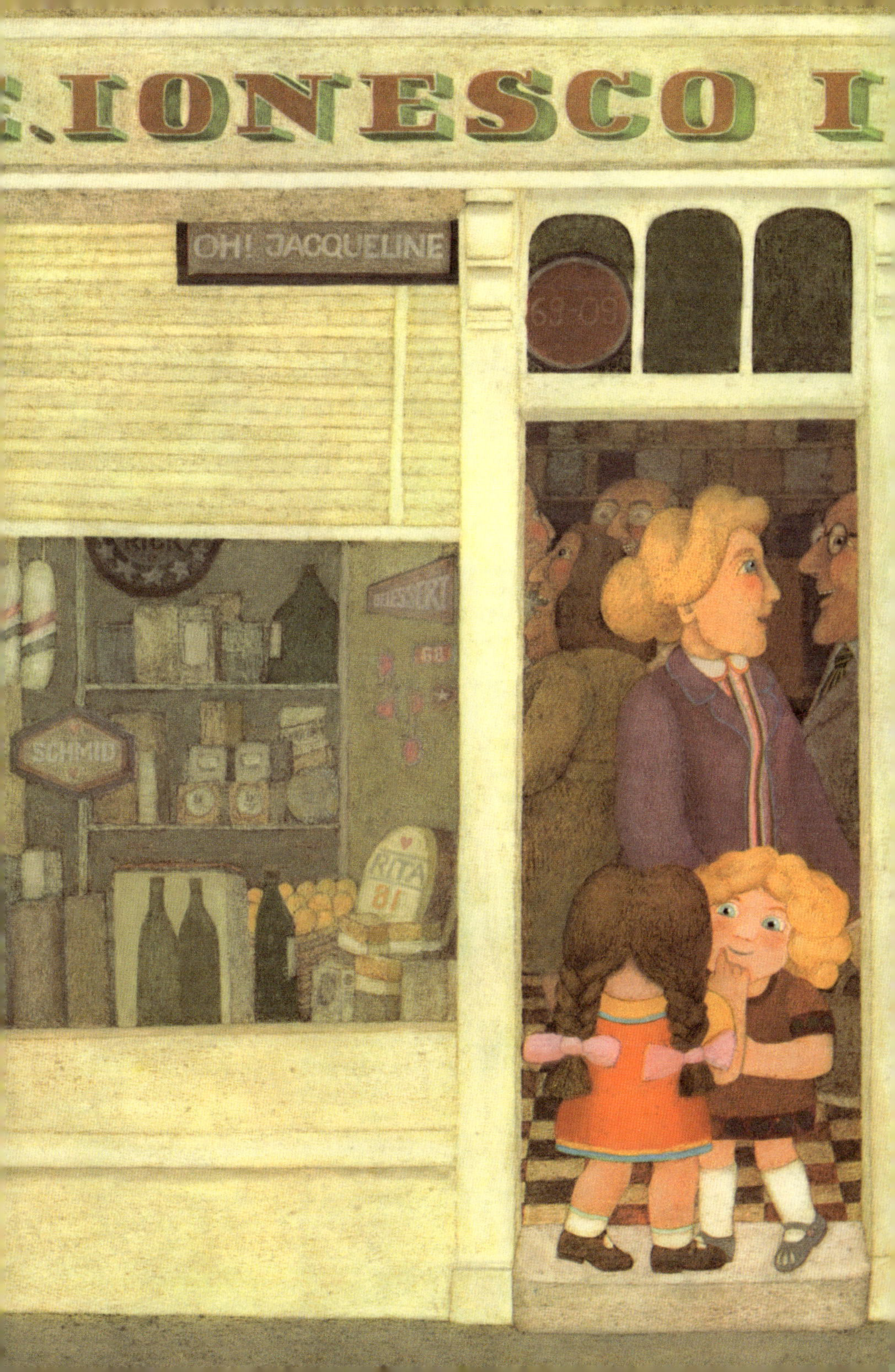
IONESCO
OH! JACQUELINE
SCHMID
RITA

何塞特问小女孩：

"你想跟我一起玩吗？你叫什么名字？"

"我叫夏克林。"小女孩回答。

"我知道，"何塞特对小女孩说，"你的爸爸叫夏克林，你的弟弟叫夏克林，你的娃娃叫夏克林，你的爷爷叫夏克林，你的木马叫夏克林，你家的房子叫夏克林，你的小杯子叫夏克林……"

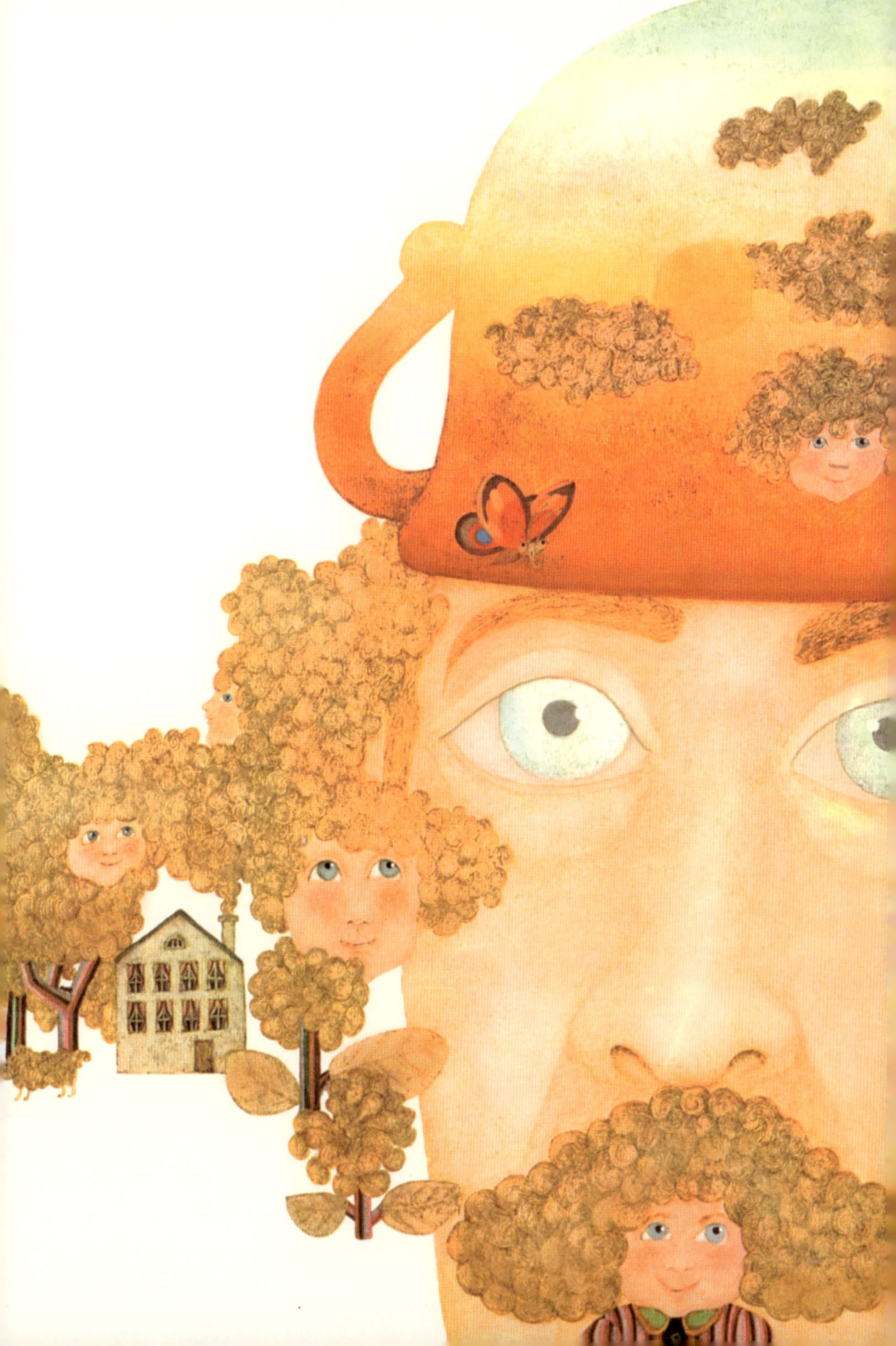

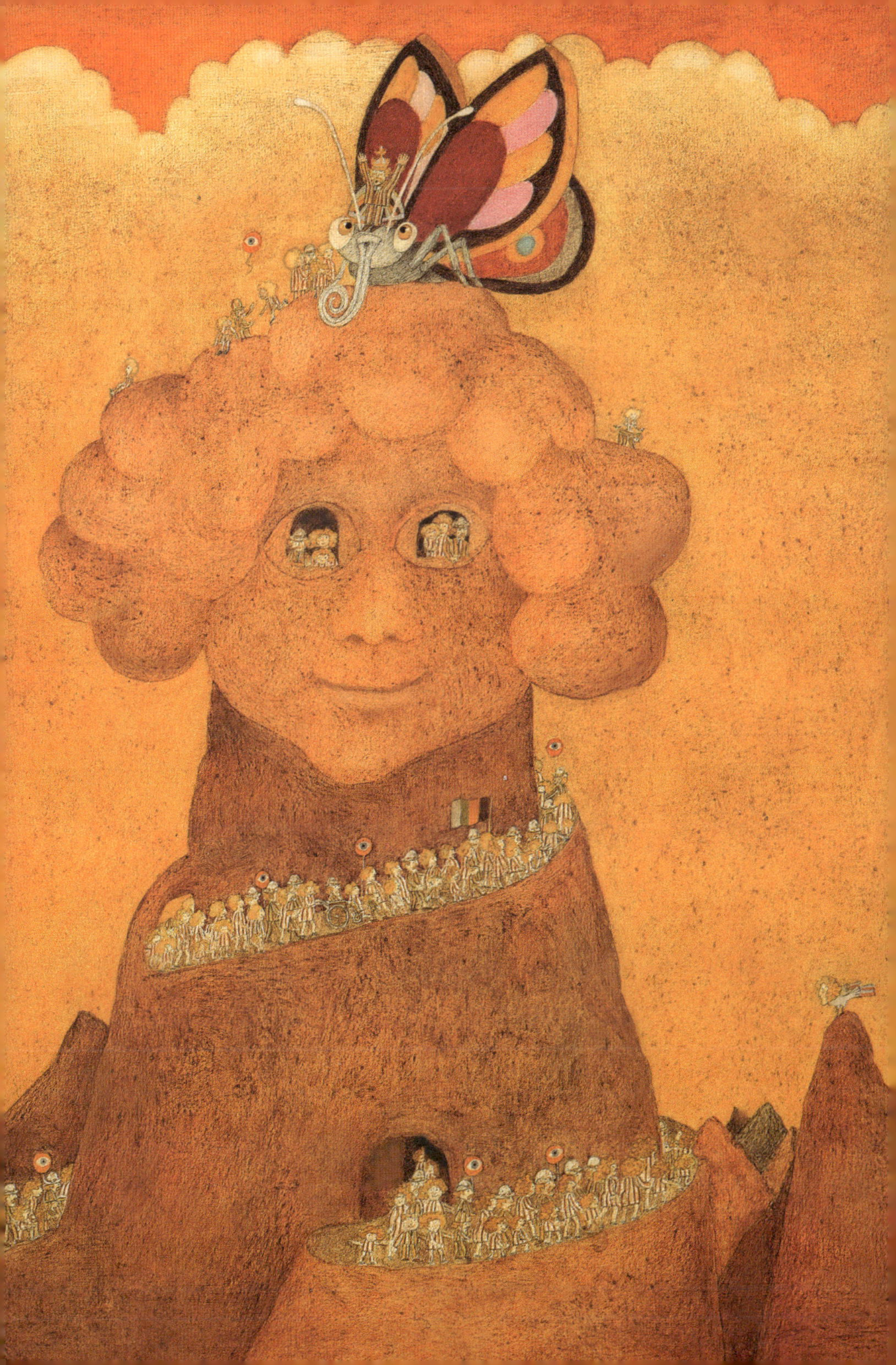

于是，老板、老板娘、那个小女孩的妈妈、商店里的其他顾客都转过头，睁大眼睛惊恐地看着她。

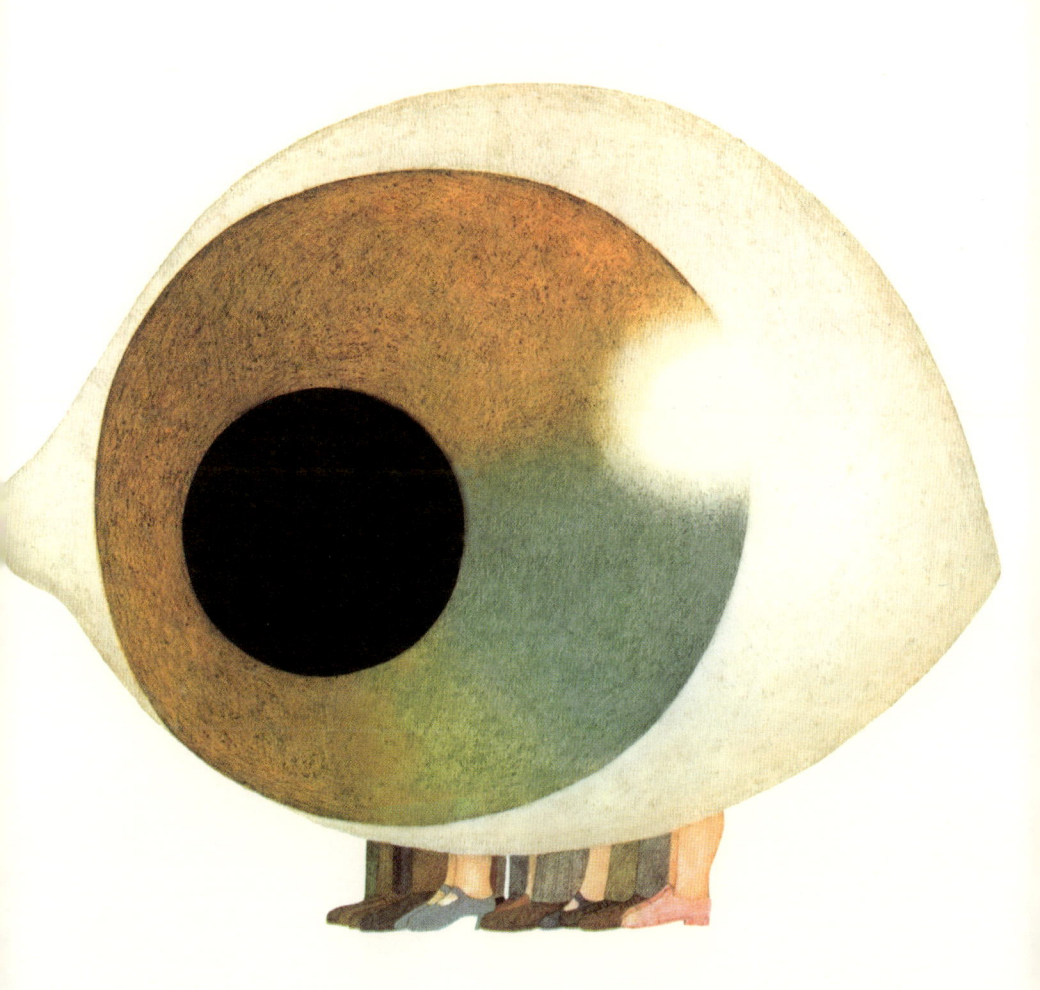

大作家小童书

"没事,"保姆平静地说,"别担心,这是她爸爸跟她说的蠢话。"

故事

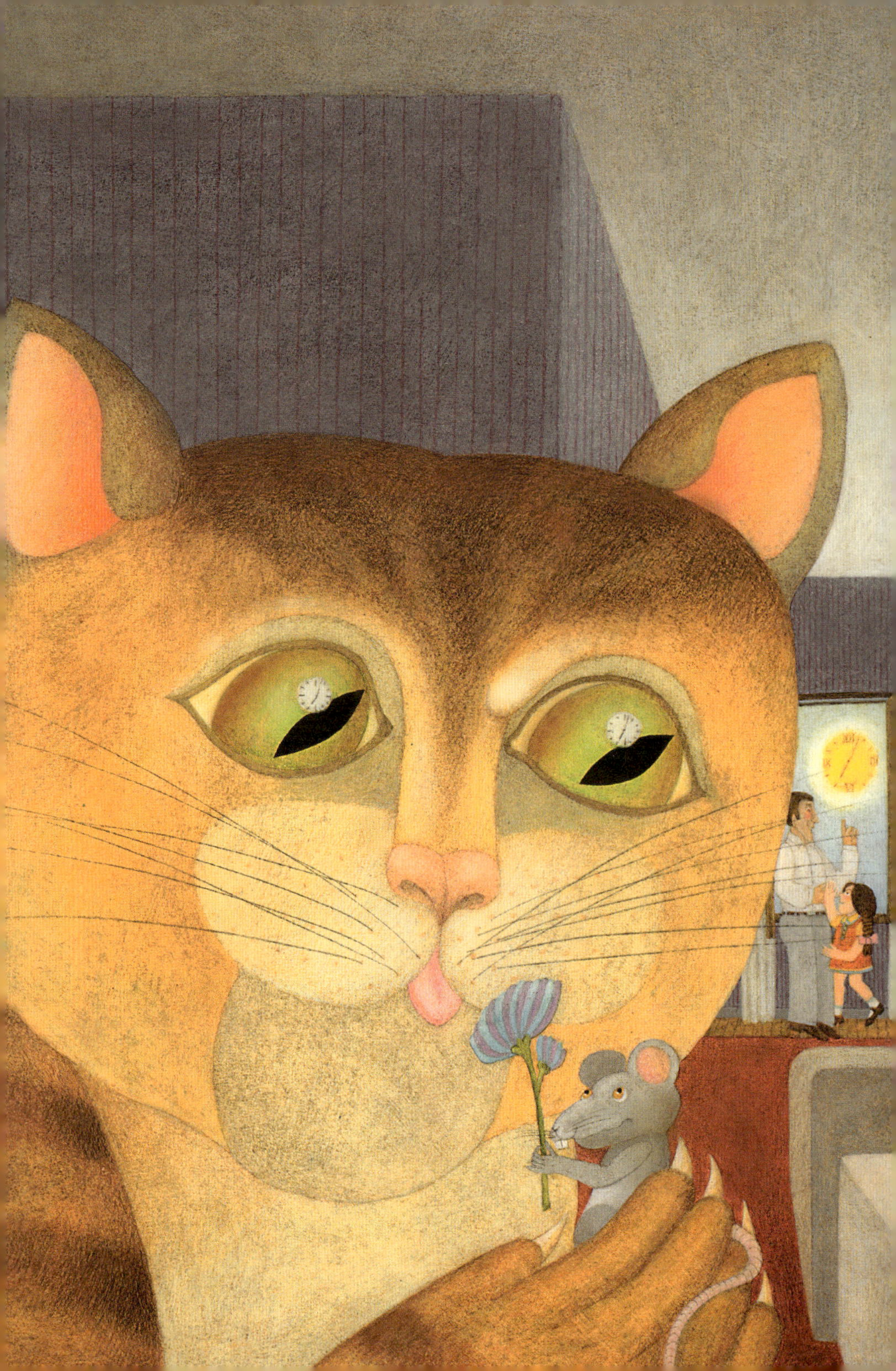

这一天,何塞特的爸爸起了一个大早。他睡得很好,因为前一天晚上,他没去饭店吃腌酸菜,没去小摊上喝洋葱汤,也没在家里吃腌酸菜。医生不让他吃,因为爸爸在减肥。爸爸昨天晚上实在太饿了,所以他很早就去睡觉了,因为"睡眠可以使人忘记饥饿"。

何塞特来敲爸爸妈妈卧室的门。妈妈不见了,她不在床上,也许她在衣柜里,但衣柜上了锁。何塞特找不到妈妈了。

保姆夏克林告诉何塞特,她的妈妈一大早就出门了,因为她也睡得很早。她没去饭店,没去木偶剧场,没去剧院,也没有吃腌酸菜。

保姆夏克林告诉何塞特,她的妈妈带着她那柄玫红色雨伞,戴着她那双玫红色手套,穿着她那双玫红色皮鞋,戴着她那顶插着小花的玫红色帽子,拎着她那只放着小镜子的玫红色手提包,穿着她那条漂亮带花的长裙,披着她那件漂亮带花的外套,穿着她那双漂亮带花的长筒袜,手里拿着一束漂亮的花出门了。由于妈妈打扮得很妖艳,她那双漂亮的眼睛也像两朵花一样。

她那张嘴像一朵花一样。

她那只玫红色小鼻子像一朵花一样。

她那披肩的长发像花一样。

她还在头发上插着花。

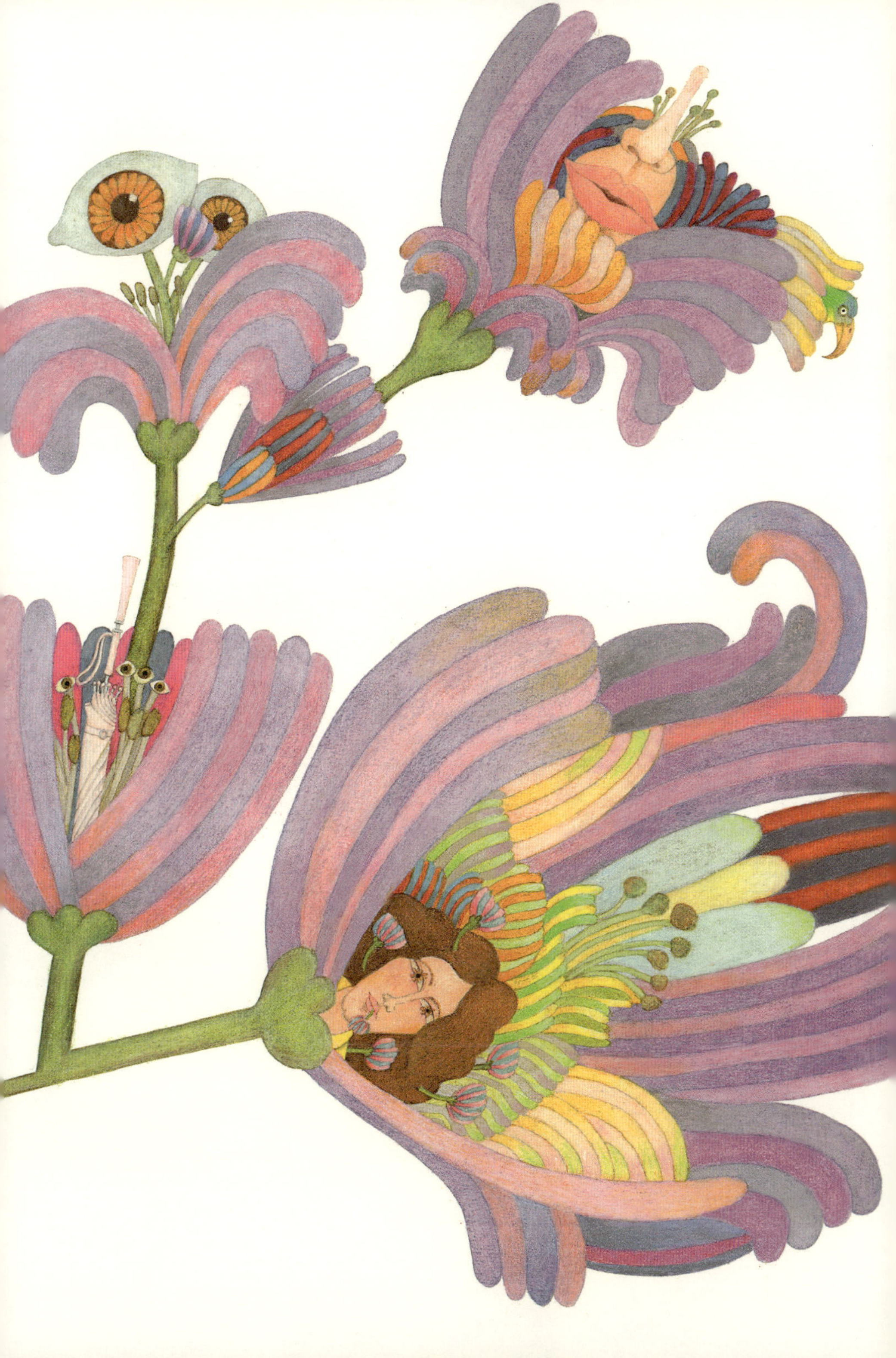

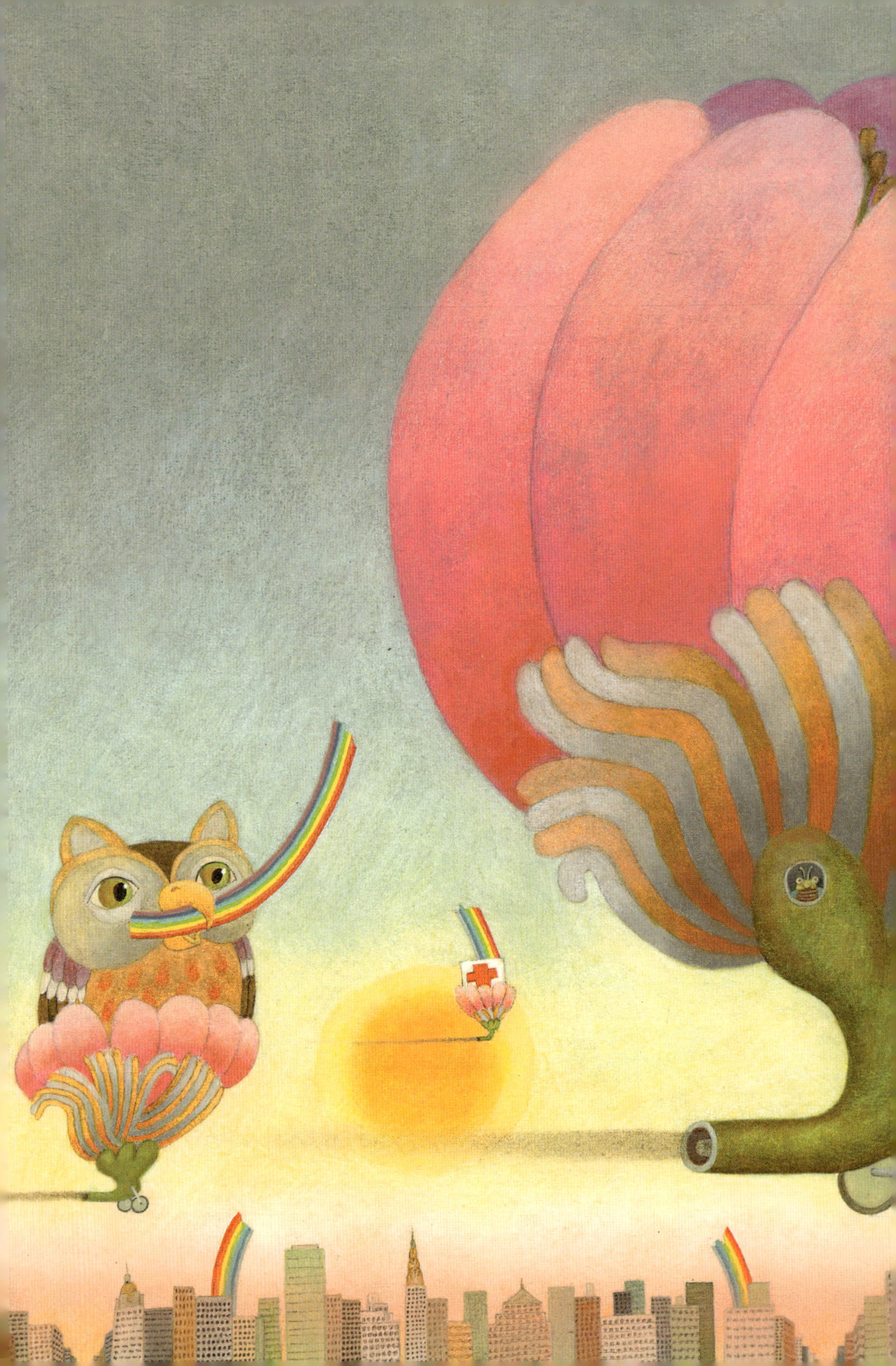

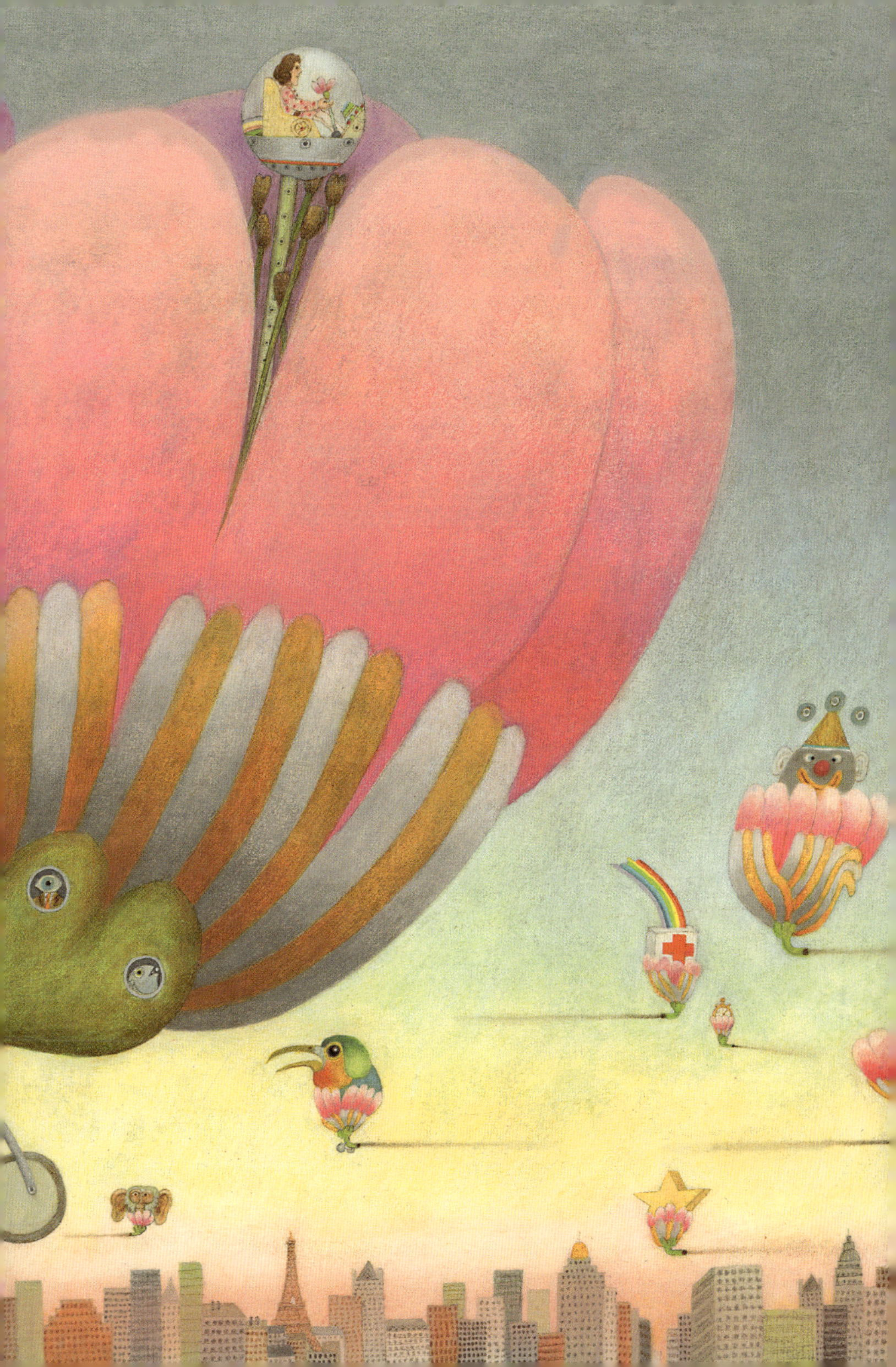

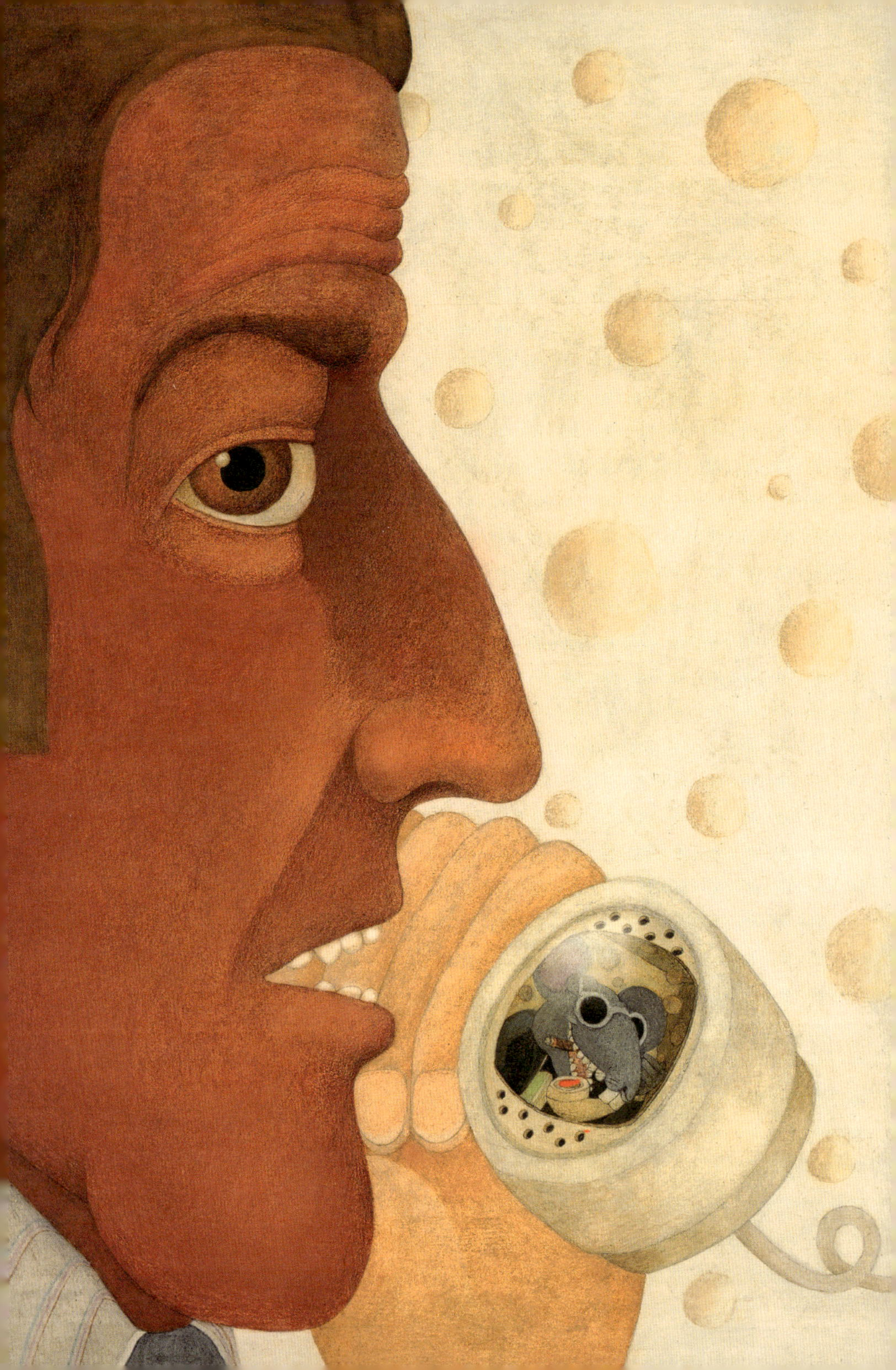

于是，何塞特跑去书房找爸爸。

爸爸正在打电话，他一边抽烟，一边朝着电话说话。

他说：

"喂，先生？喂？是你吗？……我跟你说过，你永远别再打电话给我了。先生，你让我很烦，先生，我不想再浪费时间了。"

何塞特问她的爸爸：

"你朝着电话说话？"

爸爸挂了电话说：

"这不是电话。"

何塞特回答：

"不，这是电话。妈妈跟我说过，夏克林跟我说过。"

爸爸回答：

"你妈妈和夏克林都搞错了。你妈妈和夏克林都不知道它的名字叫什么。它叫奶酪。"

"它叫奶酪？"何塞特问，"所以我们得相信，它是块奶酪？"

"不，"爸爸说，"因为奶酪的名字不叫奶酪，它的名字叫作音箱。"

"音箱的名字叫作台灯。

天花板的名字叫作地板。

地板的名字叫作天花板。

墙的名字叫作门。"

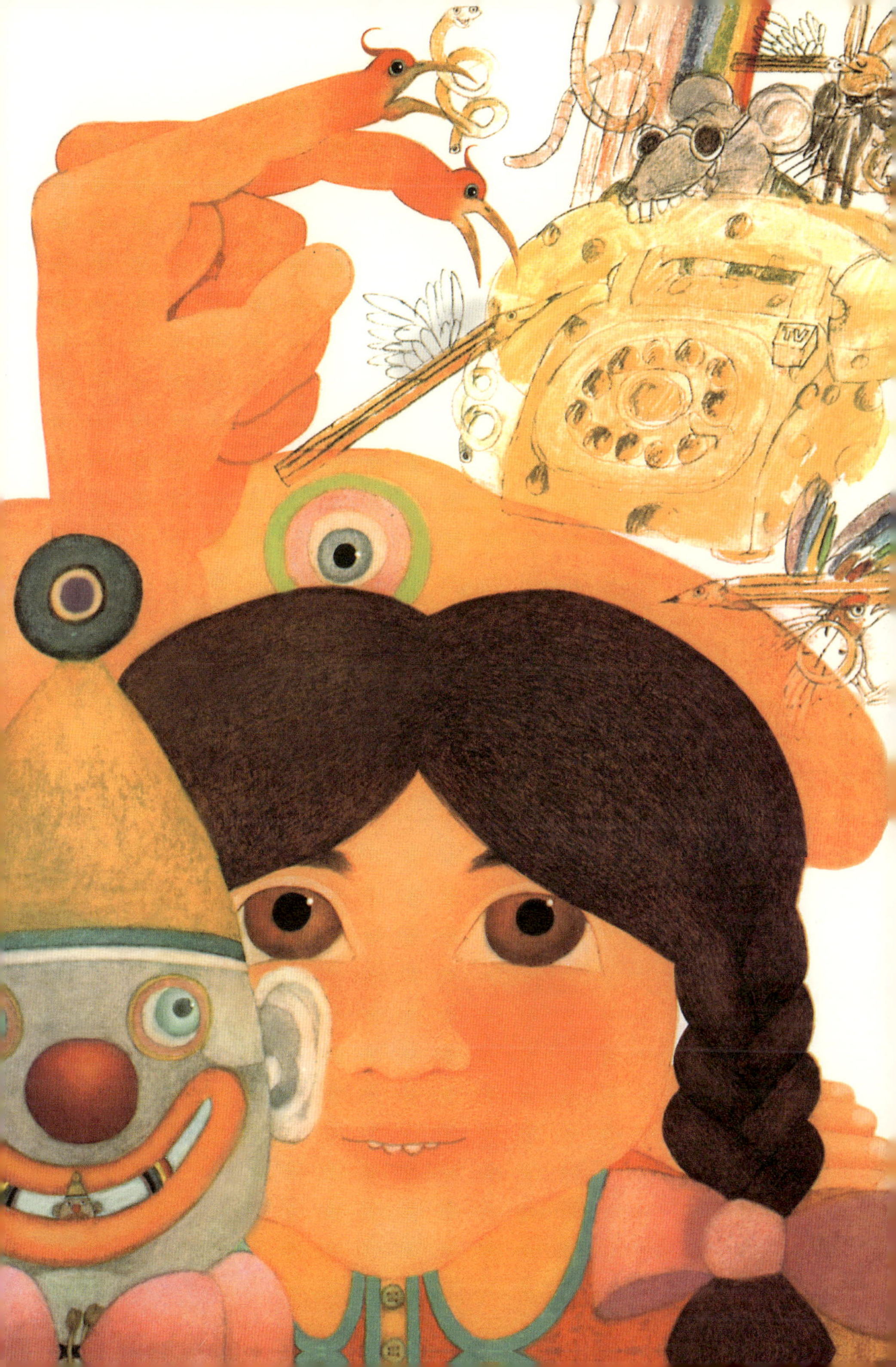
TV

爸爸教何塞特那些词语"正确"的意思。椅子是窗子。窗子是笔。枕头是面包。面包是脚垫。脚是耳朵。手臂是脚。脑袋是屁股。屁股是脑袋。眼睛是指头。指头是眼睛。

于是何塞特按照她爸爸教她的那样说话。

她说:"我一边吃我的枕头,一边看着椅子外面。我打开了墙,用我的耳朵走路。我用十个眼睛走路,我用两只手指看。我一脑袋坐在地上,把我的屁股放在了天花板上。当我吃音箱的时候,我将果酱涂在了脚垫上,甜点很好吃。拿一支窗子,爸爸,帮我画一张画。"

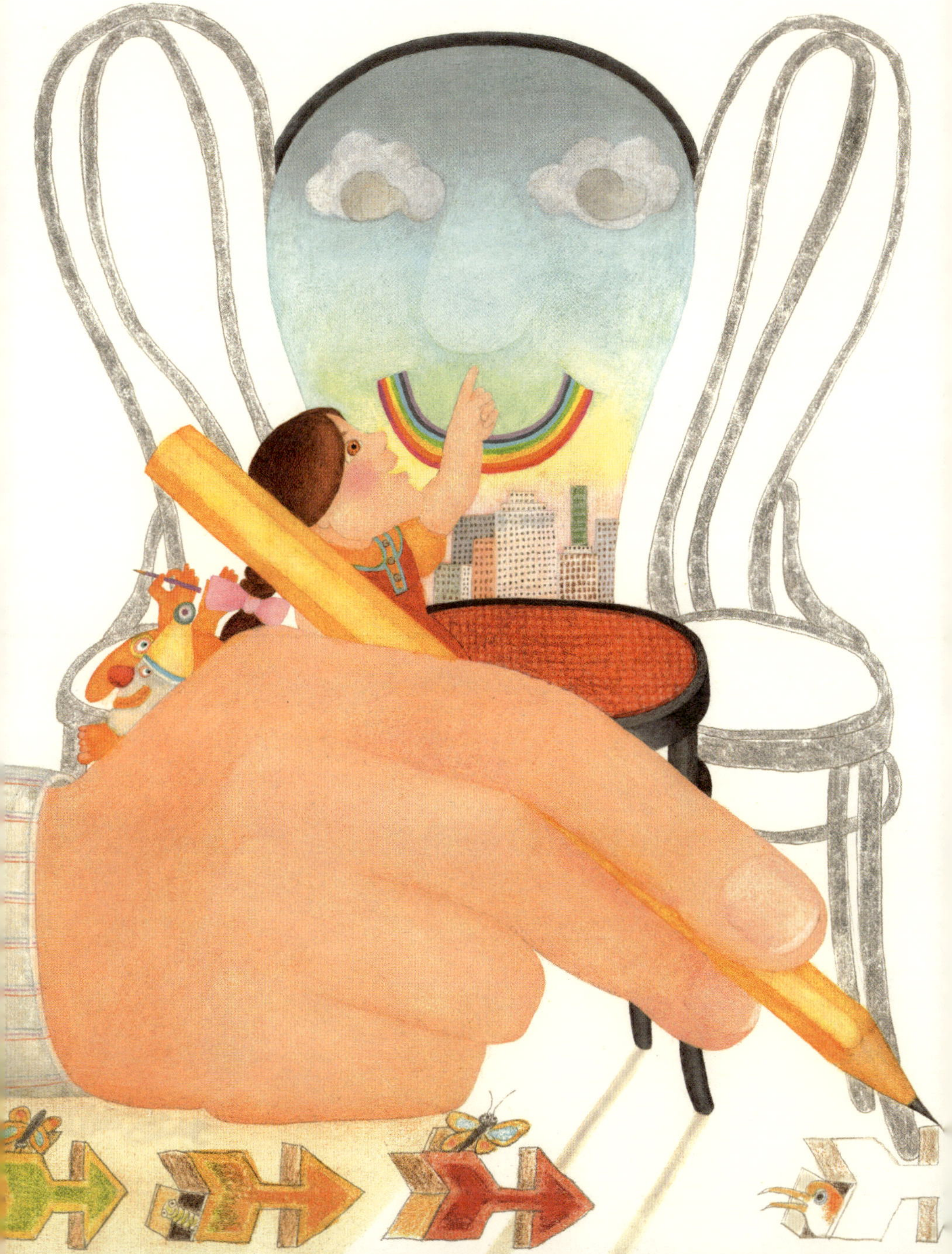

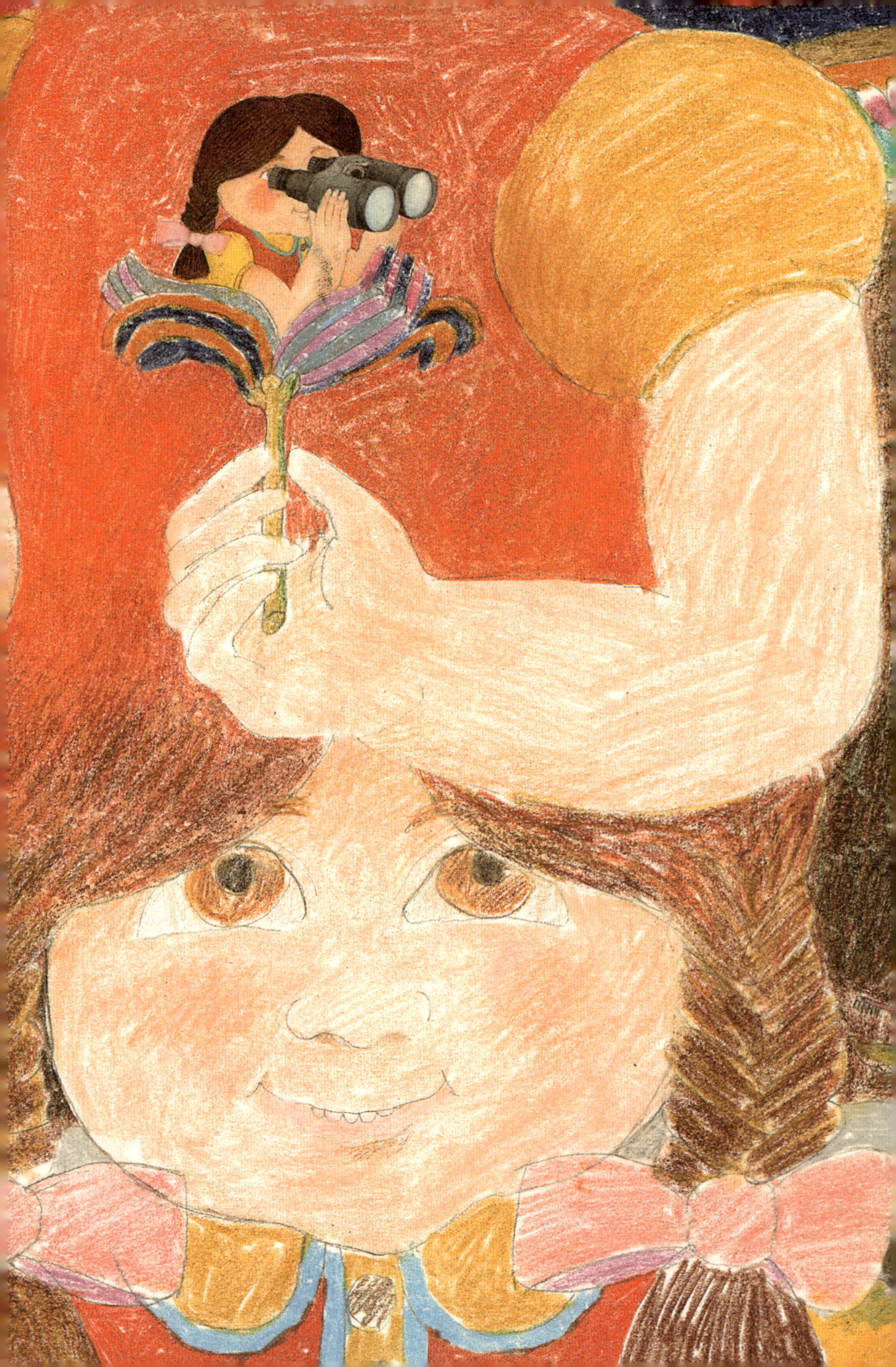

1969

何塞特有一个疑问：

"画的名字叫什么？"

爸爸回答：

"画？画的名字叫什么？我们不能叫它'画'，我们应该叫它'画'。"

夏克林来了。何塞特朝她冲过去，对着她说：

"夏克林，你知道吗？画，不是画，画，是画。"

夏克林说：

"啊！又是你爸爸在捣乱！……不对，我的孩子，画不叫作画，画叫作画。"

于是爸爸对夏克林说：

"何塞特说得对！"

"不，"夏克林对爸爸说，"她说反了。"

"不，你说反了。"

"不，你说反了。"

"你们两个说的都一样。"何塞特说。

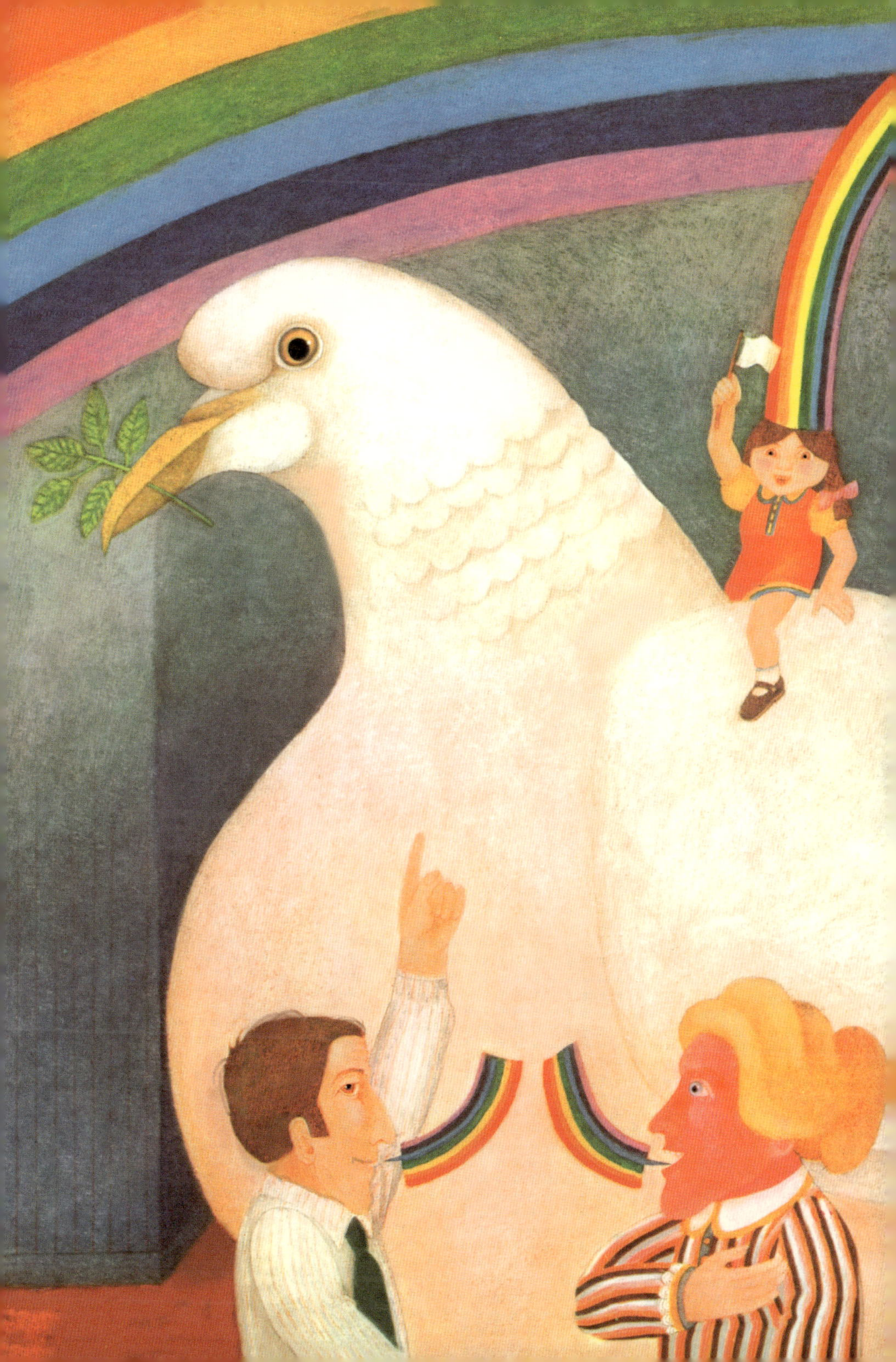

这时，眼睛像两朵花一样、嘴巴像一朵花一样的妈妈，拿着花，像一朵花一样，穿着她那条带花的长裙，拎着她那只带花的手提包，戴着她那顶插着花的帽子来了……

"这么早你去哪儿了？"爸爸问。

"采花。"妈妈说。

何塞特说："妈妈，你打开了墙。"

故事 3

一天早上，为了叫醒爸爸妈妈，小何塞特像前一天那样，也像她每天做的那样，来敲爸爸妈妈卧室的门。

妈妈已经醒了，她已经起床了，她已经泡在了她的浴缸里，她睡得很早，也睡得很好。

爸爸，他还在睡觉，因为昨天晚上，他一个人去了饭店，然后去了电影院，然后去了饭店，然后去了木偶剧场，然后又去了饭店。现在，他想睡觉，因为他说今天是星期日，星期日他不用工作。他也不想开着他的车去郊外，因为今天是冬天，路上有浓雾。

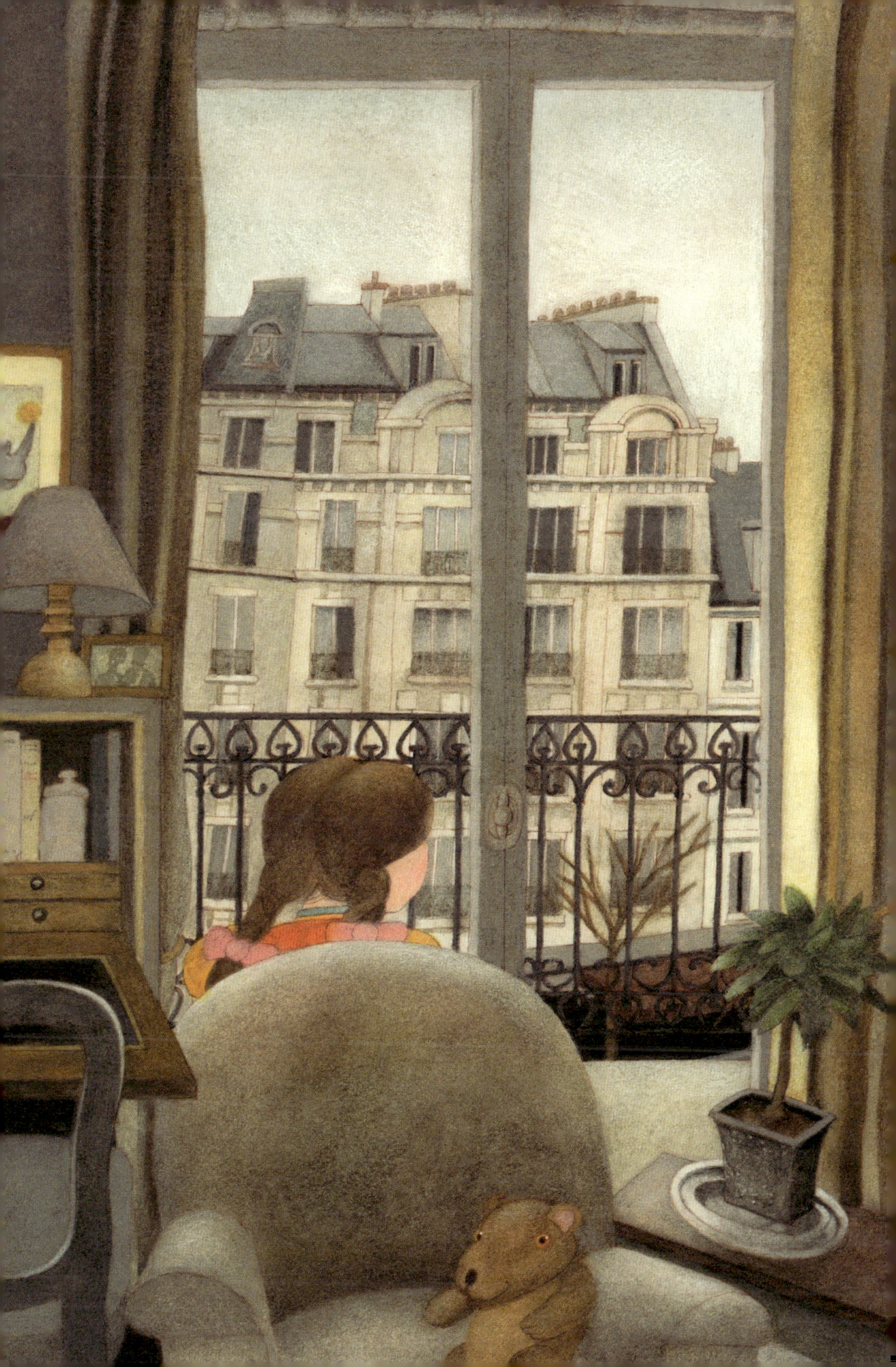

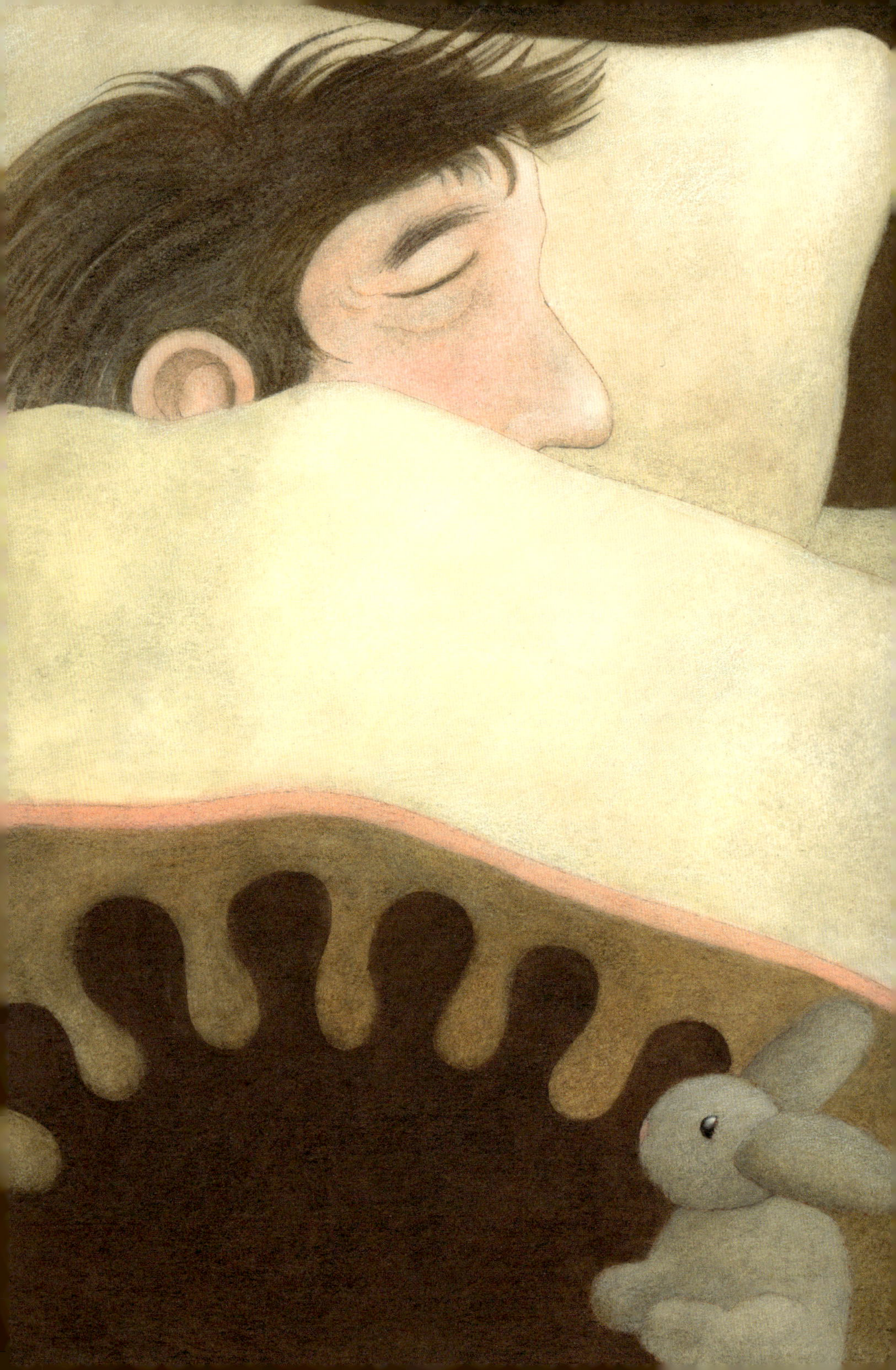

路上有浓雾,这是广播里说的,但是巴黎没有。在巴黎,天是晴的。房子上有几朵云,林荫大道的树梢上是蓝天。

何塞特来到她爸爸的身边,她捏了捏爸爸的鼻子,爸爸做了个鬼脸。她抱了抱爸爸,爸爸以为那是一只小狗。那不是一只小狗,那是他的女儿。

"讲故事。"何塞特对爸爸说。

于是爸爸开始讲故事……

"讲一个有你也有我的故事。"何塞特说。

爸爸讲了一个有何塞特也有爸爸的故事。

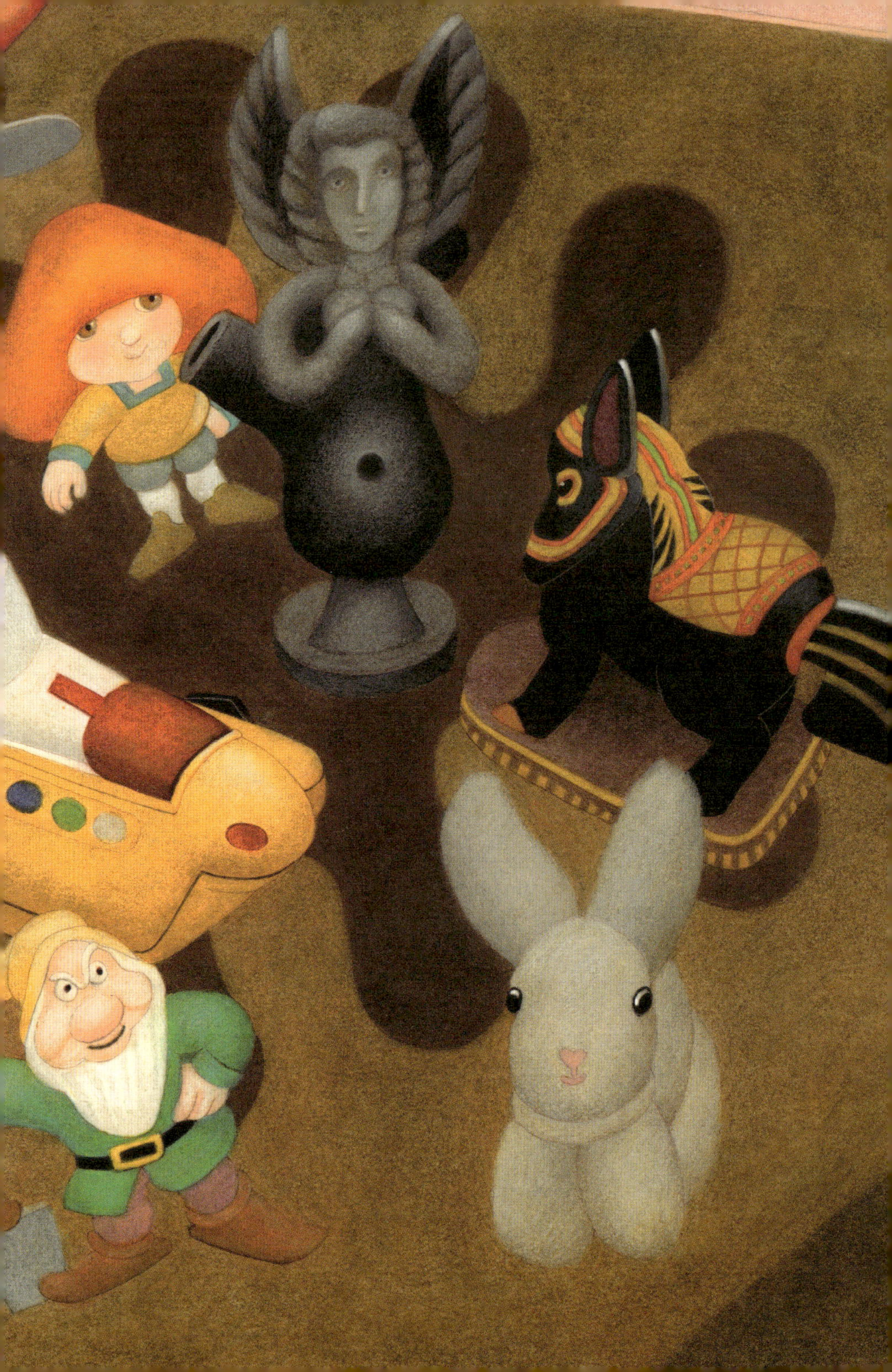

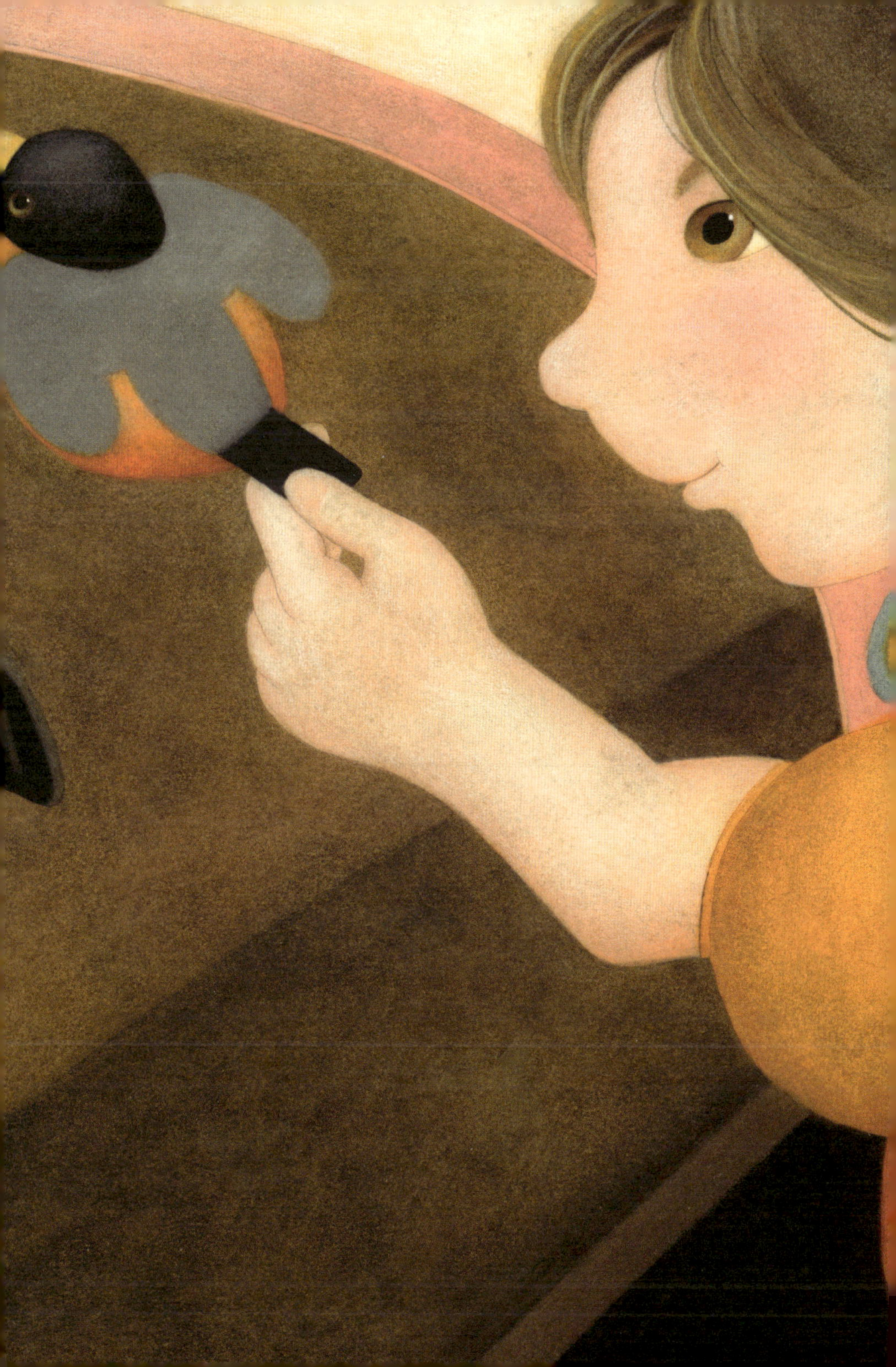

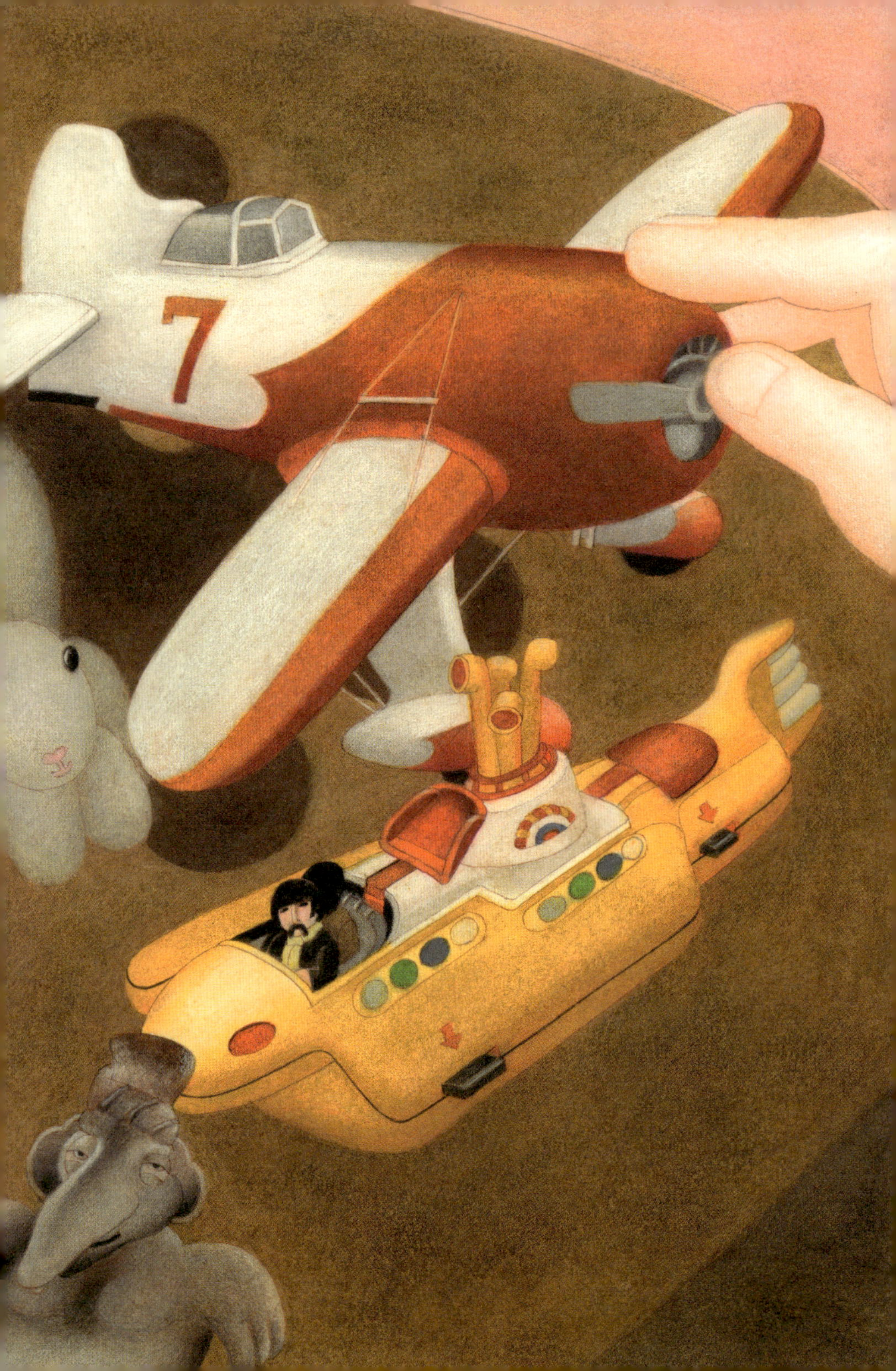

爸爸：我们要坐着飞机去散心。于是我帮你穿上了你那条小短裤，我帮你穿上了你那条小裙子，我帮你穿上了那件丝绒内衣，我帮你穿上了那件玫红色的小毛线衫……

何塞特：不，不要这件。

爸爸：那、那件……白色的？

何塞特：嗯，白色的那件。

爸爸：我帮你穿上了白色的毛线衫。然后，我帮你穿上了你那件小外套，帮你戴上了你那双小手套，啊！我忘了你那双小皮鞋了！……我还帮你戴上了你那顶小帽子。我起床，我穿好了衣服，我牵着你的手，你会看到，我们要去敲浴室的门。妈妈会说——我的孩子，你们要去哪儿？

何塞特：我要和爸爸一起坐飞机散心。

爸爸：妈妈还会说——玩得开心，我的孩子。乖一点，路上要小心。如果你们要去坐飞机，别让何塞特把脑袋伸出去，那样很危险。她会掉进塞纳河里，或者掉到邻居的屋顶上。她的屁股会被摔痛，或者她的脑门上会被摔出一个大包。

爸爸：妈妈，再见。

何塞特：妈妈，再见。

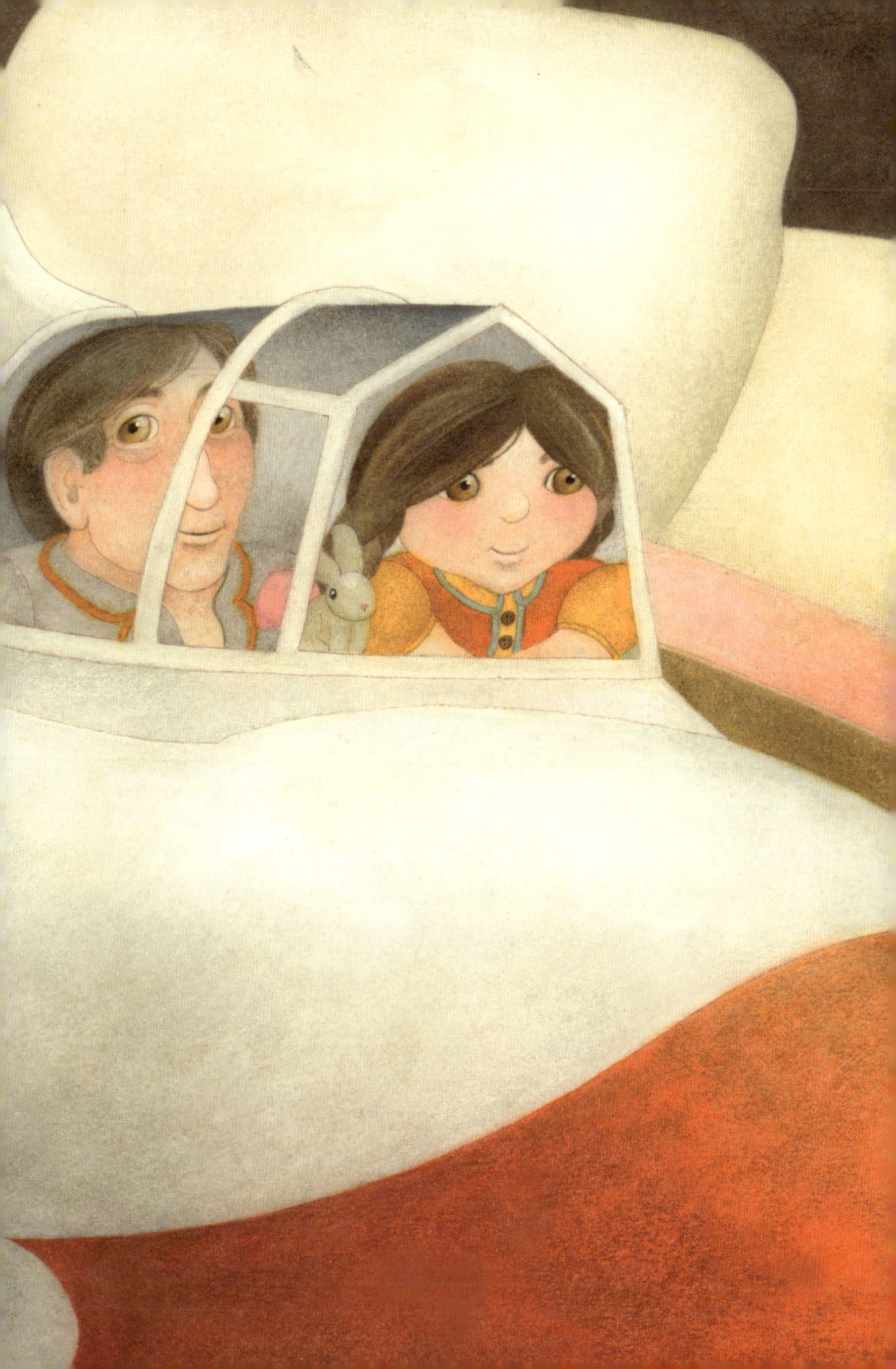

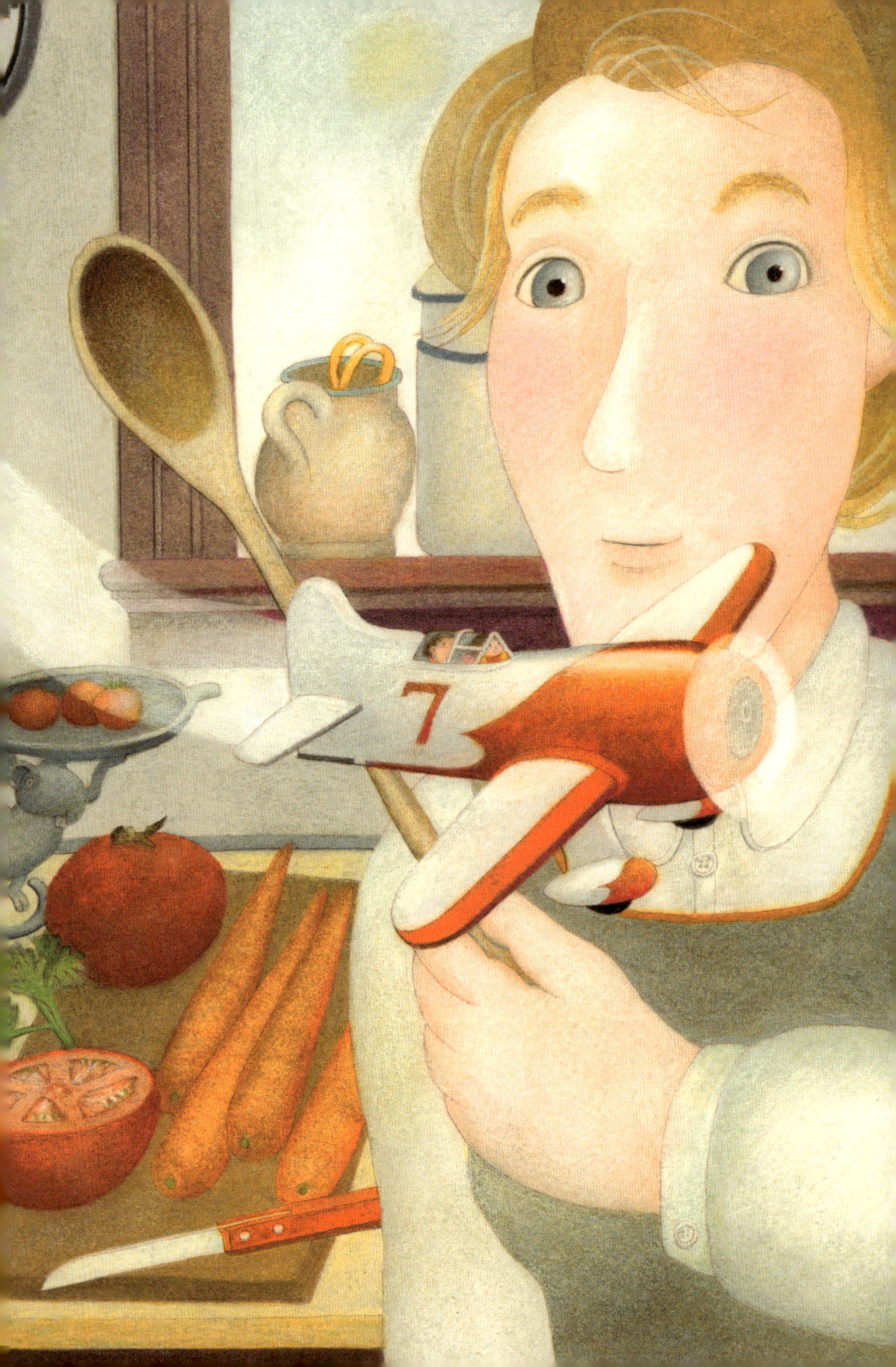
7

爸爸：接着，我们沿着走廊一直走，然后向左转。那里不再黑漆漆的了，从左边客厅的窗子里射进来的阳光，把那里都照亮了。我们来到厨房。在那里，夏克林已经开始做午饭了。我们对她说——夏克林，再见。

何塞特：夏克林，再见。

爸爸：夏克林将会说——先生，你要去哪儿？我的小何塞特，你要跟你爸爸去哪儿？

何塞特：我们去散心，我们要去坐飞机，我们要到天上去。

爸爸：夏克林还会说——到天上后，先生，你要留意何塞特。别让她把脑袋伸出去，那样很危险。她会掉下去的。她会掉到别人家的屋顶上，脑门上会被摔出一个大包。或者，她那条小短裤会被树杈钩住，她会被挂在树上的。那样的话，我们就得拿着梯子去救她。

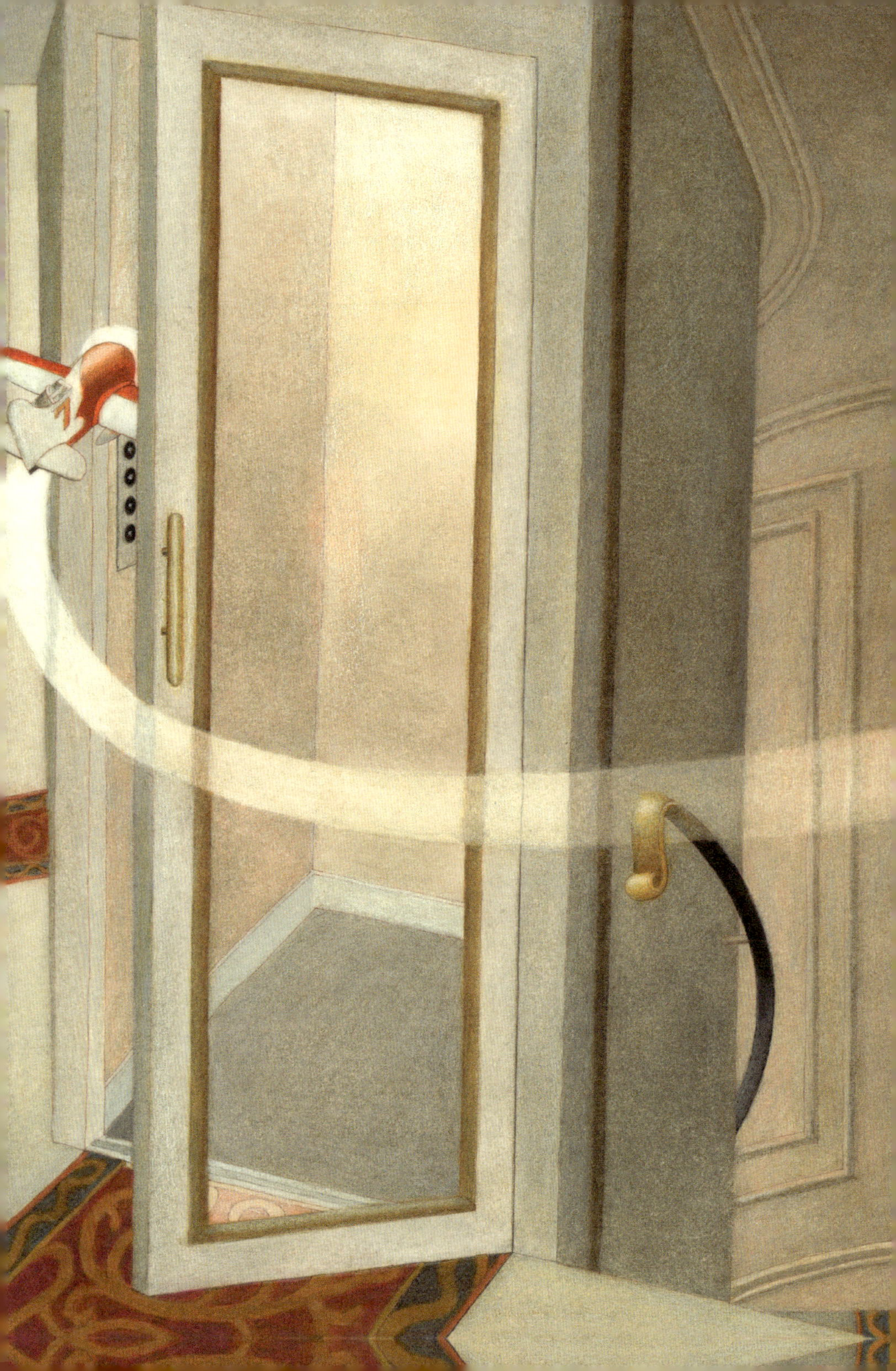

何塞特：我会当心的。

爸爸：然后，我拿出了钥匙，我用钥匙开门。

何塞特：塞进了钥匙孔。

爸爸：我打开了门，又关上了门。我没有重重地关门，我轻轻地把门关上了。我和你走进了电梯，我按了按钮……

何塞特：不，是我按了按钮。你用你的胳膊把我抱起来，因为我太矮了。

爸爸：我用我的胳膊把你抱起来。你按了按钮。电梯下降。我们先得下降，待会儿才能更好地上升。我们来到一楼。我们走出电梯，我们发现正对着门房间，门房夫人正在扫地。

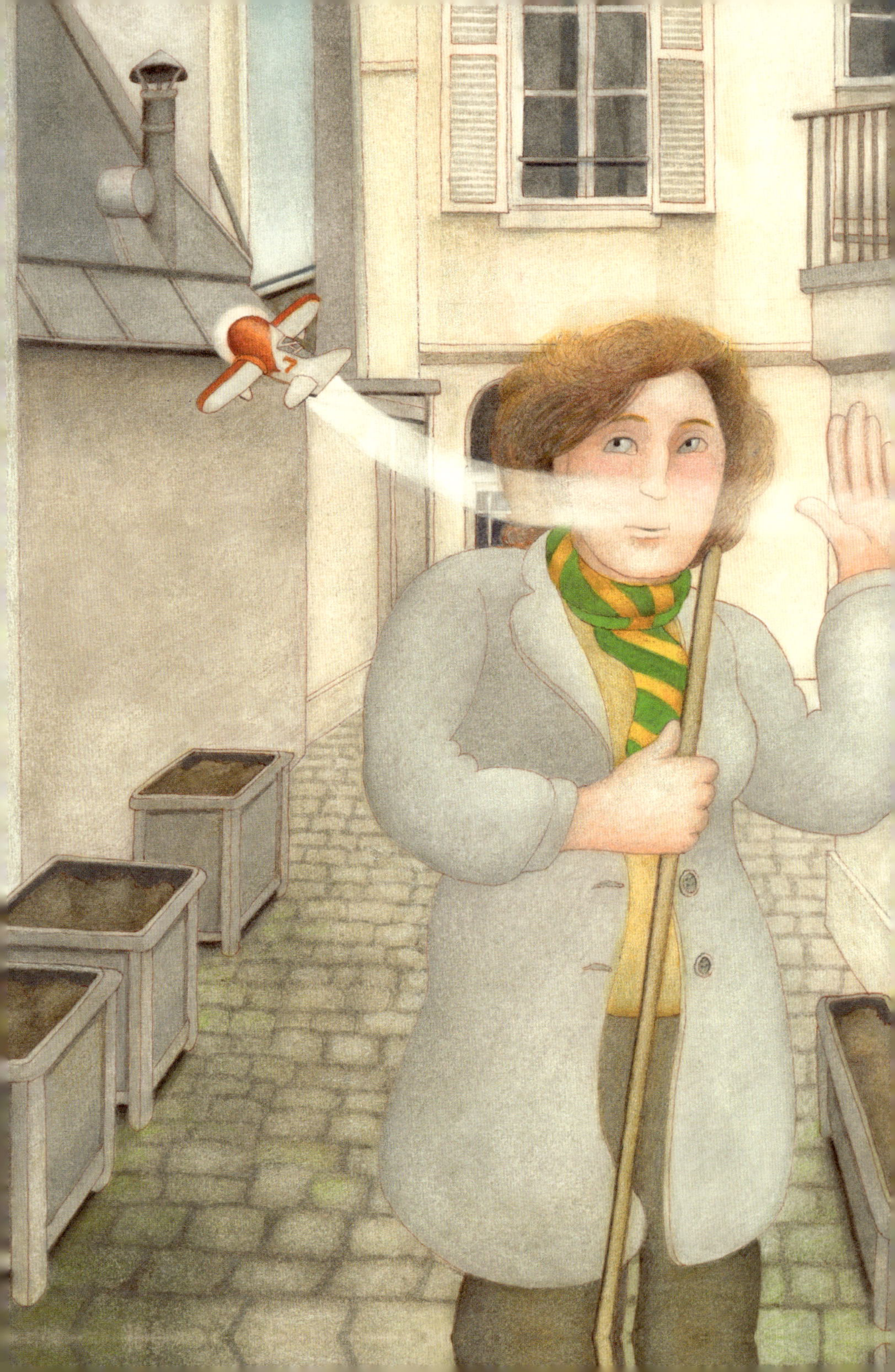

何塞特：你好，夫人。

爸爸：于是门房夫人说——你好，先生，你好，我的小可爱。哦！今天早上，她穿着她那件漂亮的小外套，她那双漂亮的小皮鞋和她那双漂亮的小手套，显得真漂亮！哦！她的手真小！

何塞特：还有我那顶帽子。

爸爸：门房夫人说——你们这是要去哪儿呀？散心吗？

何塞特：坐飞机去。

爸爸：然后，门房夫人说——路上要小心！先生，别让你的女儿把脑袋伸出去，她会掉下去的！

何塞特：掉到邻居的屋顶上，屁股会被摔痛，或者脑门上会被摔出一个大包。

爸爸：或者是鼻子上……于是门房夫人对我们说——祝你们玩得开心。

爸爸：我们走到路上。我们遇到了糜舒的妈妈。我们从提着牛头的屠夫面前经过……

何塞特：我闭上了眼睛，我不想看，残忍的屠夫！

爸爸: 是的。如果屠夫继续宰牛,我就把屠夫给宰了……我们走到了路口。我们穿过了马路,当心那些"嘟嘟"!我们又穿过了一条马路。我们来到了公共汽车站。公共汽车来了。我们乘上了公共汽车……

何塞特: 车开了,车停了,车开了,车停了。

爸爸：我们来到了飞机场。我们乘上飞机。飞机上升，你看，就像我的手一样，咻……

何塞特：飞机上升，咻……飞机上升，咻……咻……咻……

爸爸：我们看飞机的外面。

何塞特：不可以伸出去！

爸爸：别害怕，我抓住你。我们看下面，我们看到了街道，我们看到了我们的家，我们看到了邻居的家。

何塞特：我不想掉到他们的屋顶上！

爸爸：你看下面，林荫大道，汽车，它们都很小。我们看到了路上的人，他们都很小。我们看到了圣卡鲁门，我们看到了万盛森林，我们看到了动物住的花园……

何塞特：你好，"动物住"！

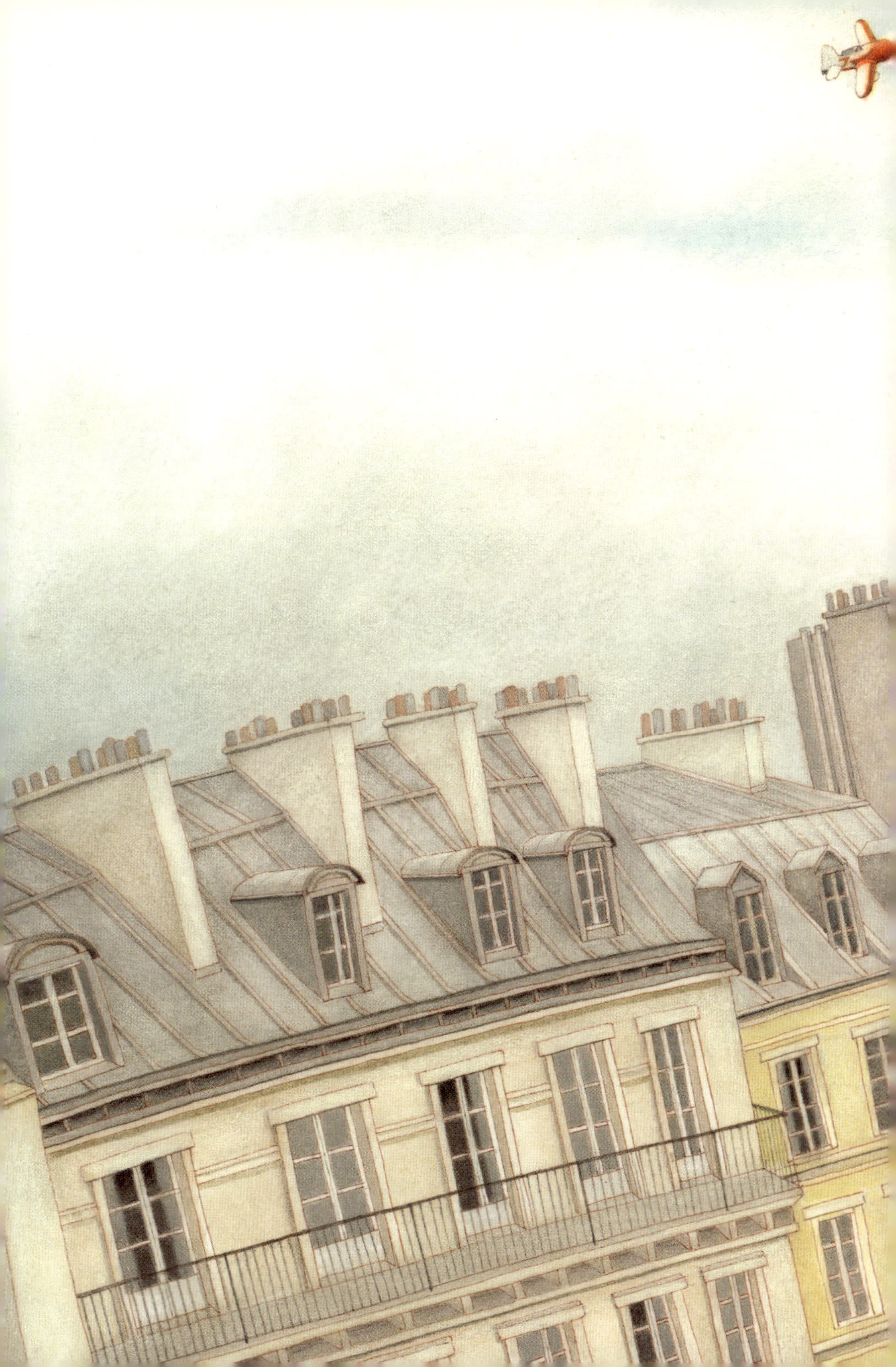

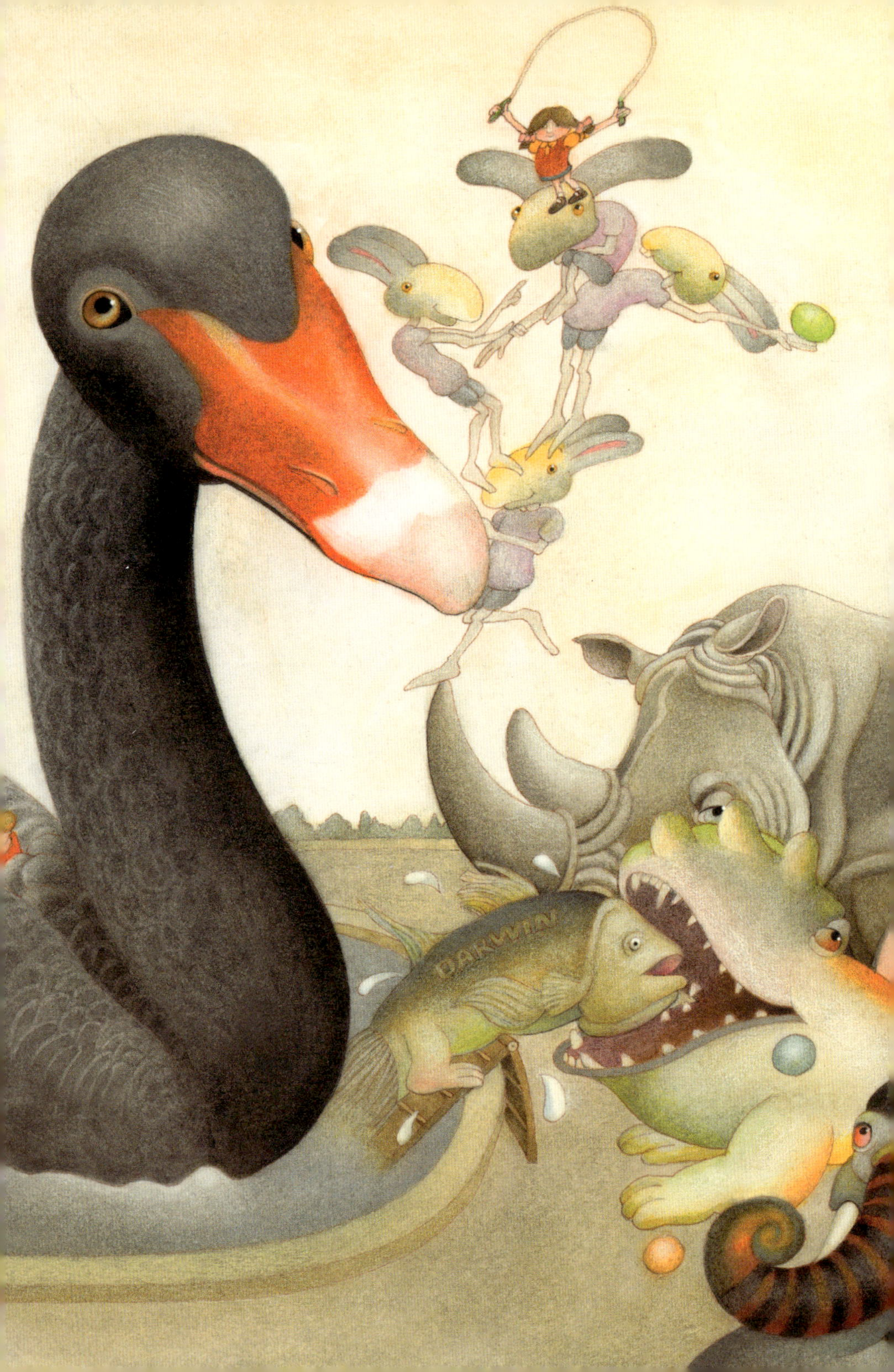
DARWIN

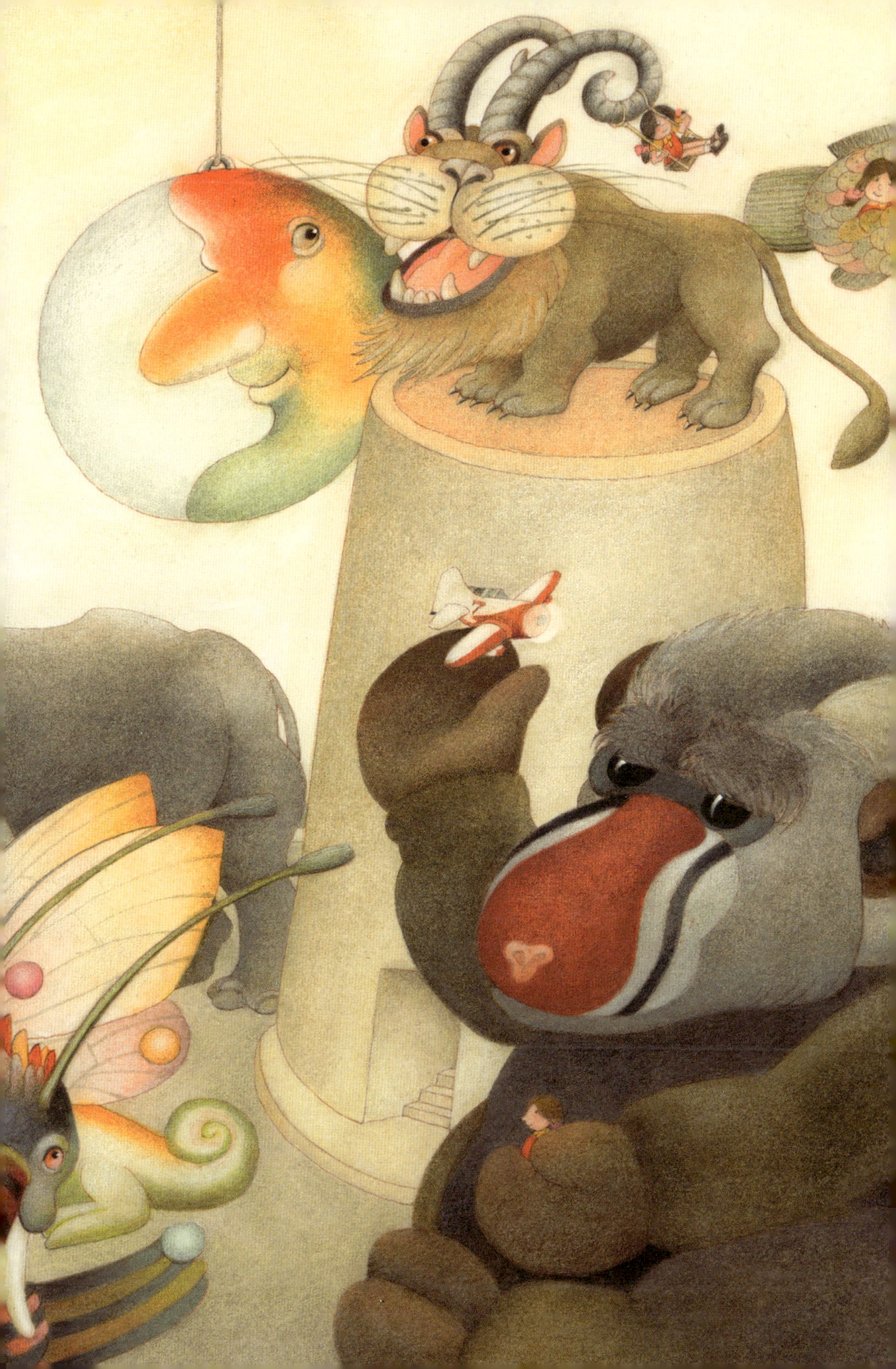

爸爸：我们看到了狮子，你听？它叫了，嗷——嗷——

（爸爸伸出爪子模仿狮子的动作，做了一个令人讨厌的鬼脸）

何塞特：不，不，别这样！你，你不是狮子吧？你是爸爸，你不是狮子。

爸爸：嗯，我不是狮子，我是爸爸。我模仿狮子表演给你看。

何塞特：不，别这样。

爸爸：然后，我们看到了罗贝老爹……然后，我们看到了牧场，再然后，我们看到了罗贝老爹的女儿！

何塞特：她很坏，她用她的脏鞋弄脏了我的裙子。

爸爸：然后，我们看到了市长先生的城堡。然后，我们看到了挂着大钟的教堂……

何塞特：叮，咚，叮，咚……

爸爸：然后，我们看到了钟楼的尖顶，神父先生……

何塞特：要掉下去了！当心！

爸爸：没事，他抓住了一根绳子。他爬上来挥舞着手帕向我们示意……在钟楼的尖顶上，还有市长先生，和神父夫人……

何塞特：错了！

爸爸：嗯，错了，根本没有神父夫人……

爸爸：然后，飞机上升，上升……

大作家小童书

　　何塞特：飞机上升，上升，上升……

　　爸爸：我们看到了农场。

　　何塞特：风车。

　　爸爸：对，我们还看到了盎同礼堂的风车，然后我们在农场的养鸡棚里看到了市政厅。

　　何塞特：鸭子。

　　爸爸：小河。

　　何塞特：鱼在水里游。别吃那些鱼！

　　爸爸：嗯。我们不吃善良的鱼，我们只吃邪恶的鱼。邪恶的鱼要吃掉善良的鱼。因此，我们要吃掉邪恶的鱼。

　　何塞特：别吃善良的鱼！

　　爸爸：嗯。不吃善良的鱼。只吃邪恶的鱼……

然后，我们上升，我们上升……然后，我们飞到了云的里面，然后，我们飞到了云的上面。然后，天空越来越蓝，越来越蓝，然后，只能看到蓝天了，然后，我们在下面看到了地球，它就好像一颗玻璃珠。然后，哦，我们到达月亮了。我们在月亮上面散步。我们饿了。我们吃了一块月亮。

何塞特：我吃了一块月亮。很好吃，很好吃！

（何塞特也给了她的爸爸一块月亮。他们两个人吃起了月亮！）

爸爸：这是个香瓜，很好吃。

何塞特：我们放点糖。

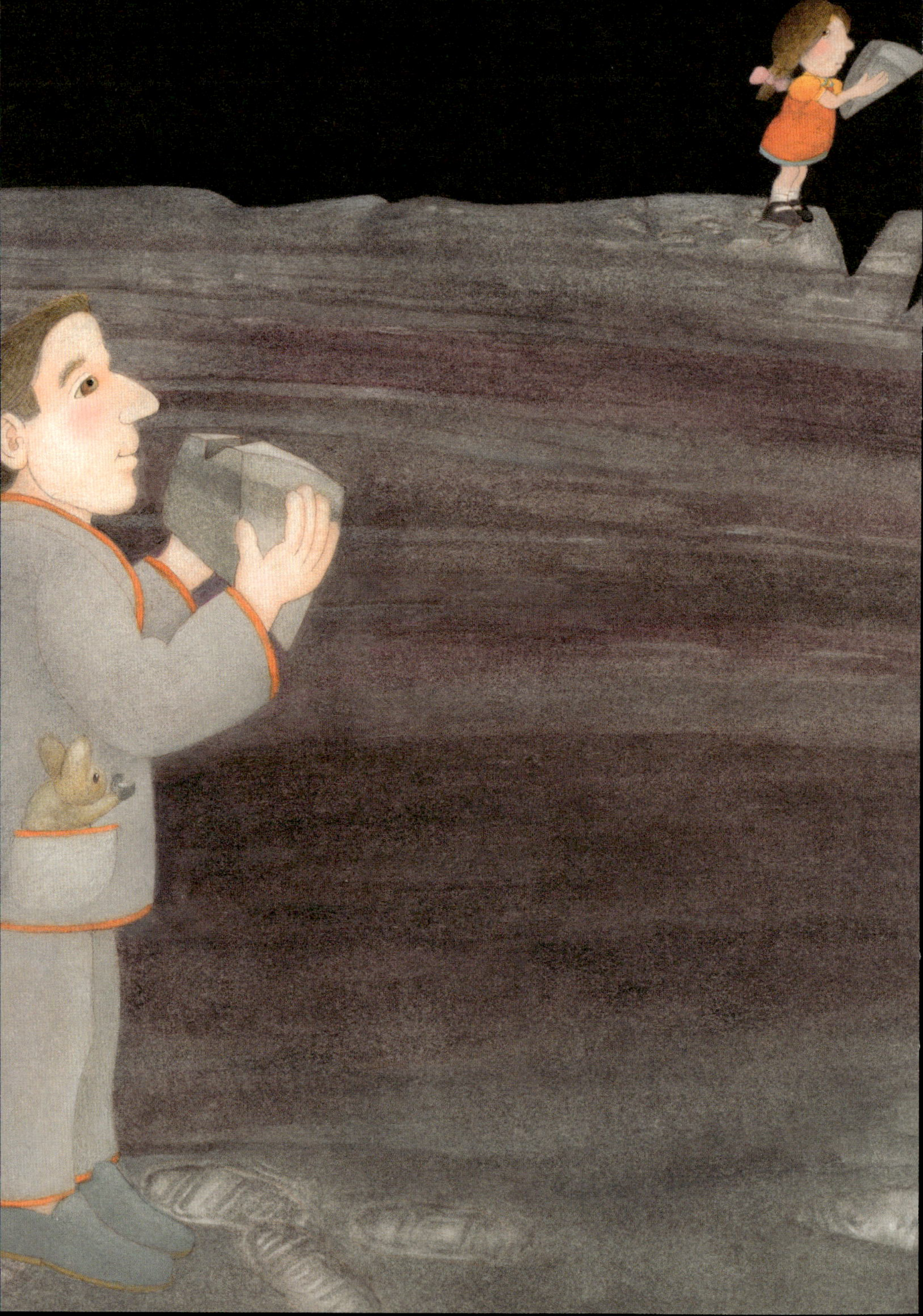

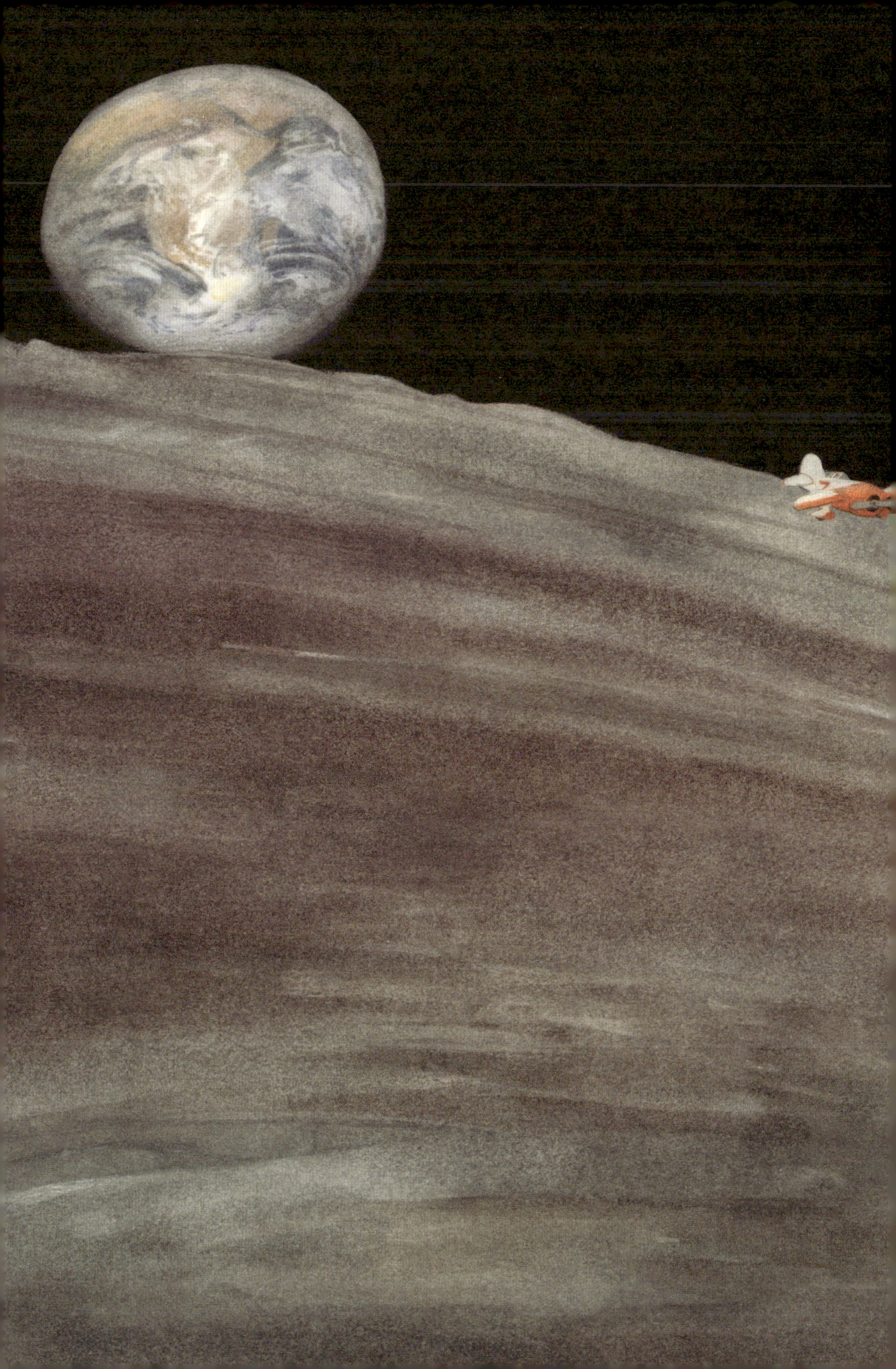

爸爸：你吃，我不吃。我在减肥。别把月亮吃完了，要留一些给别人吃。不过无所谓，它会长大的……

爸爸：现在我们坐上飞机，我们要去更高的地方……我们上升，我们上升……

何塞特：我们上升，我们上升……

爸爸：我们到达太阳了。我们在太阳上面散步……哇！好热！太阳上面，永远都是夏天。

何塞特：哇……热！热！

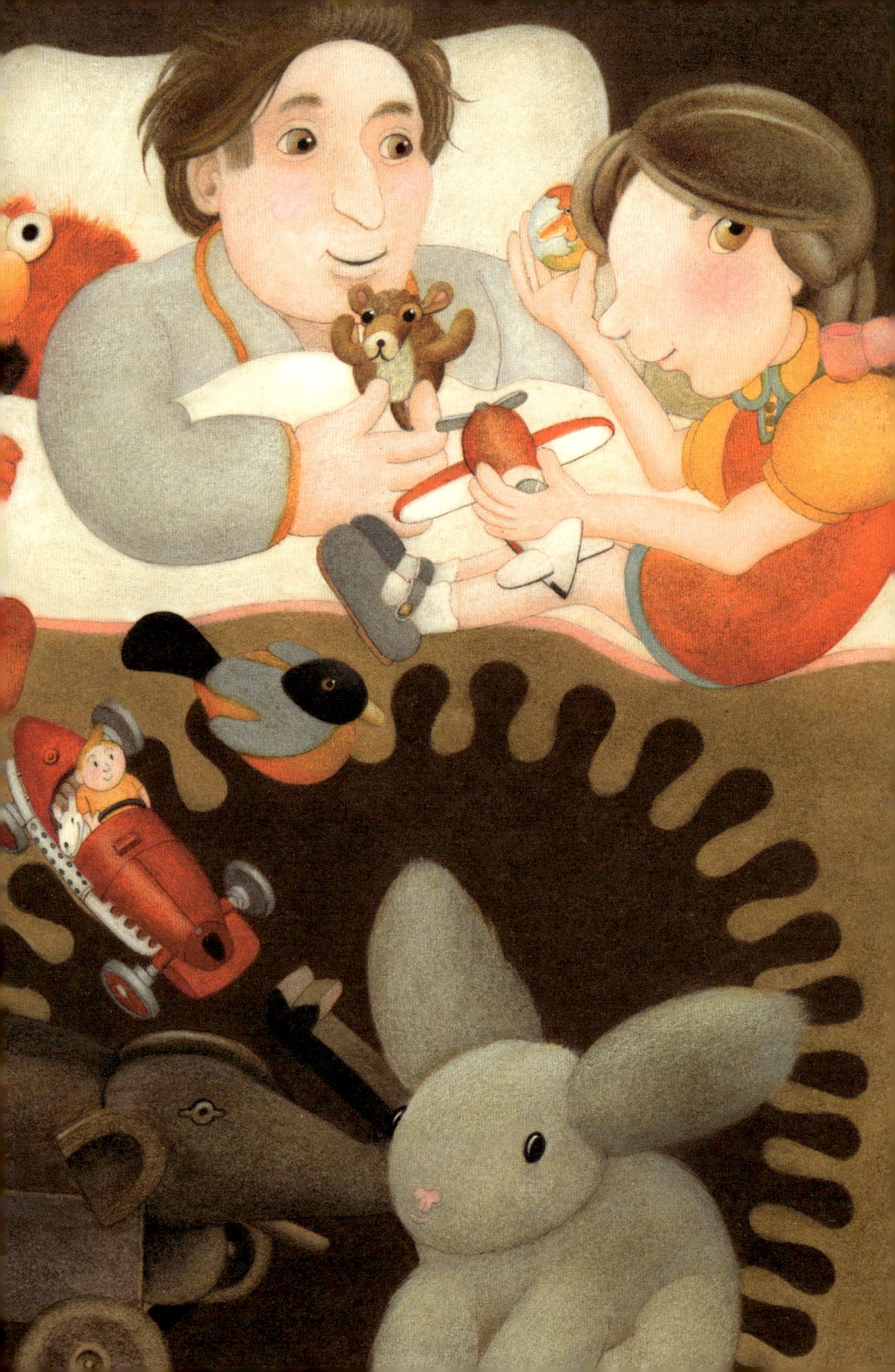

爸爸：我们拿块手帕，我们擦一擦脑门……快，我们要坐飞机下去了。哦？飞机去哪儿了？它融化了！无所谓。我们走下来。我们要快点，回家的路很远。吃饭之前必须到达，不然妈妈要生气了。在这里，我们很热，太阳上面任何东西都很热，但是如果我们迟到了，菜就要冷了。

这时候，妈妈走进来，说：

"快，下床，穿好衣服。"

妈妈又对爸爸说了一句：

"你那些蠢话会把她弄傻的！"

故事

4

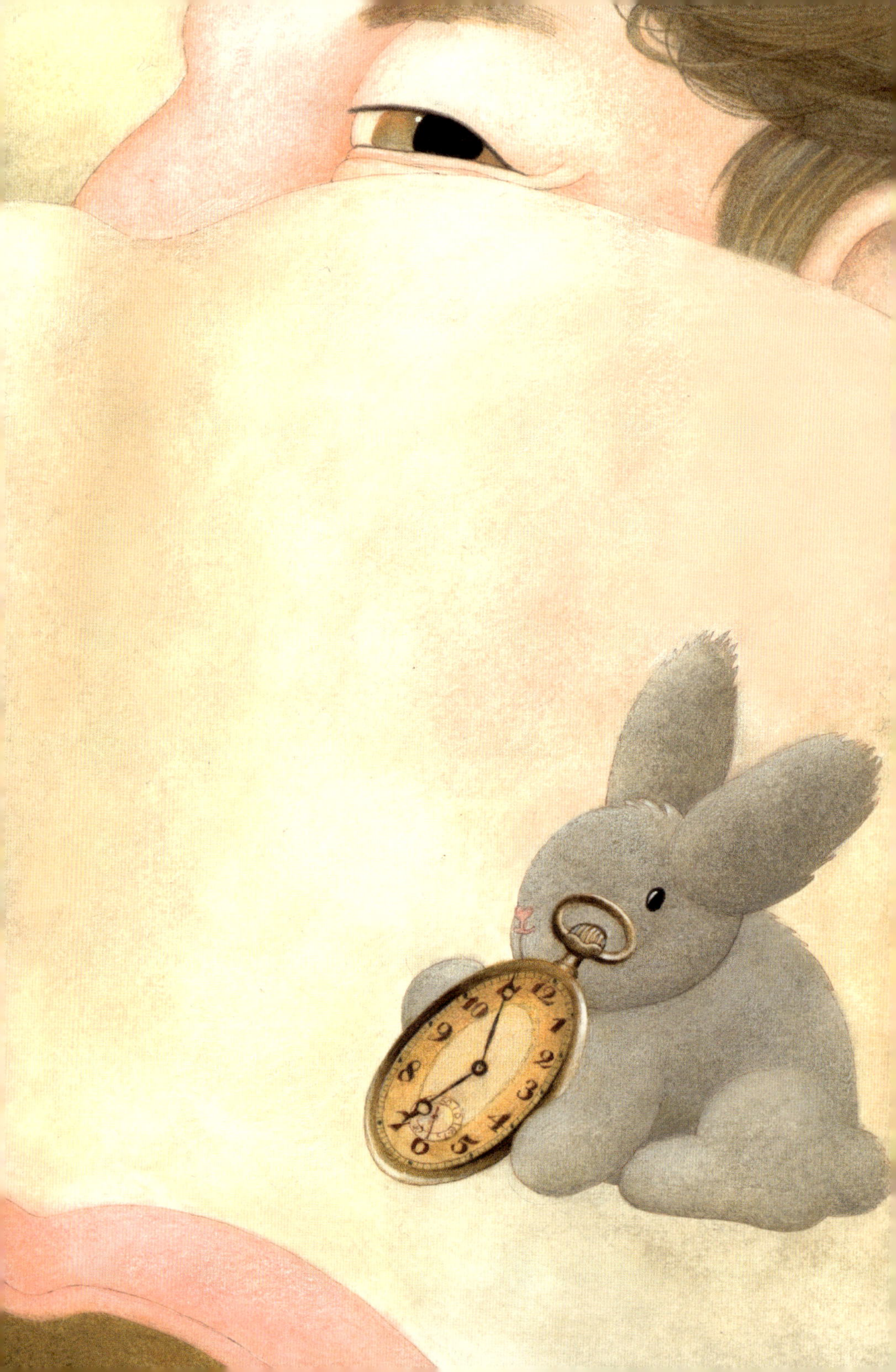

这个早晨，何塞特就像往常一样来敲爸爸妈妈卧室的房门。

爸爸睡得不太好。因为妈妈去了乡下，所以爸爸利用这个机会吃了很多红肠，喝了啤酒，吃了猪肉罐头和其他很多妈妈不让他吃的东西，这些都对身体不好。

果然，爸爸肝痛了，胃痛了，头痛了。

他不想醒过来。

但何塞特一直在敲门，于是爸爸只好让她进来。

她进门，她跑进了爸爸的怀里，她找不到妈妈。

何塞特问：

"妈妈去哪儿了？"

爸爸回答：

"你妈妈去乡下她的妈妈家休假了。"

何塞特又问：

"外婆家？"

爸爸回答：

"嗯，外婆家。"

"写信给妈妈。"何塞特说。

"打电话给妈妈。"何塞特说。

爸爸说：

"别打电话。"

然后爸爸自言自语地说：

"因为她可能不在那儿……"

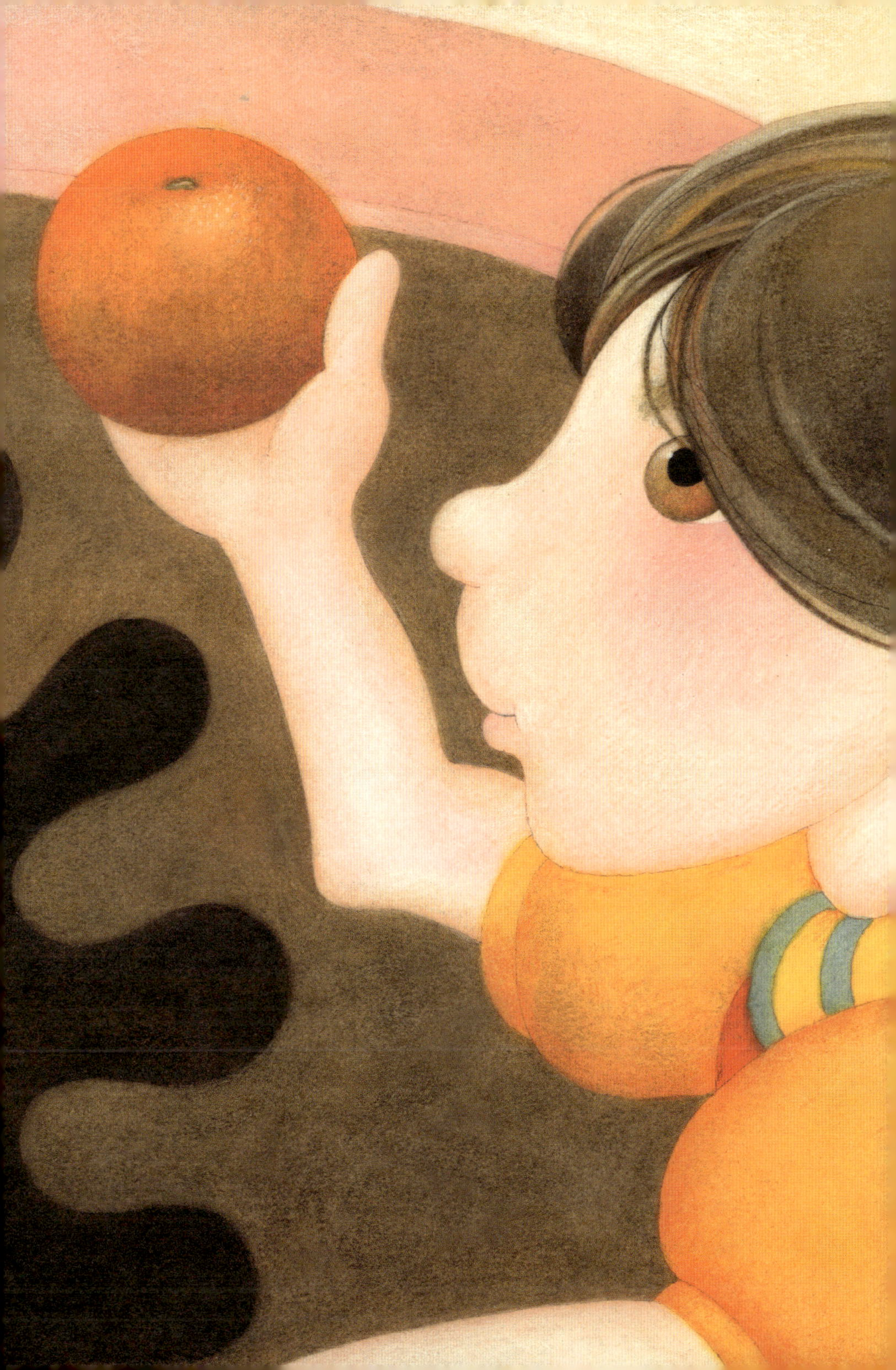

"好了，"爸爸说，"我要去上班了。我要起床，我要穿衣服。"

爸爸起床了，他把那件红色的晨袍罩在了他的睡衣外面。他把那双拖鞋穿在了他的脚上。他走进浴室。他关上了浴室的门。何塞特站在浴室的外面，她用她的小拳头使劲地敲着门，她哭了。

何塞特说：

"开门。"

爸爸回答：

"不行，我现在没穿衣服。我在洗澡，然后我要刮胡子。"

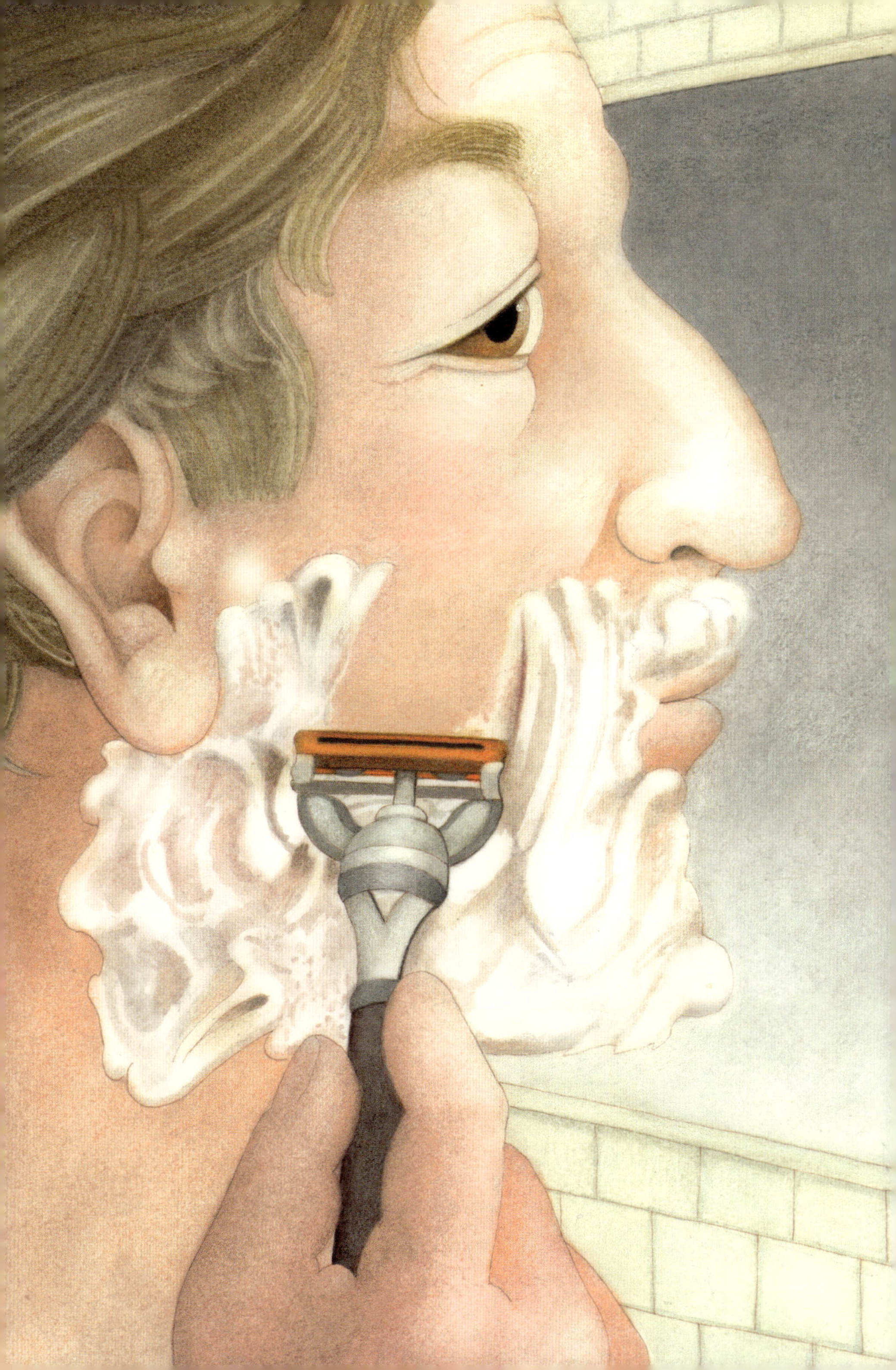

何塞特说：

"你还要嘘嘘嗯嗯吗？"

"我在洗澡。"爸爸说。

何塞特说：

"你洗你的脸，你洗你的肩膀，你洗你的胳膊，你洗你的背，你洗你的'比股'，你洗你的脚。"

"我刮我的胡子。"爸爸说。

"你用肥皂刮你的胡子吗？"何塞特问。

"我要进来，我要看。"何赛特说

爸爸说：

"你看不见我，因为我已经不在浴室了。"

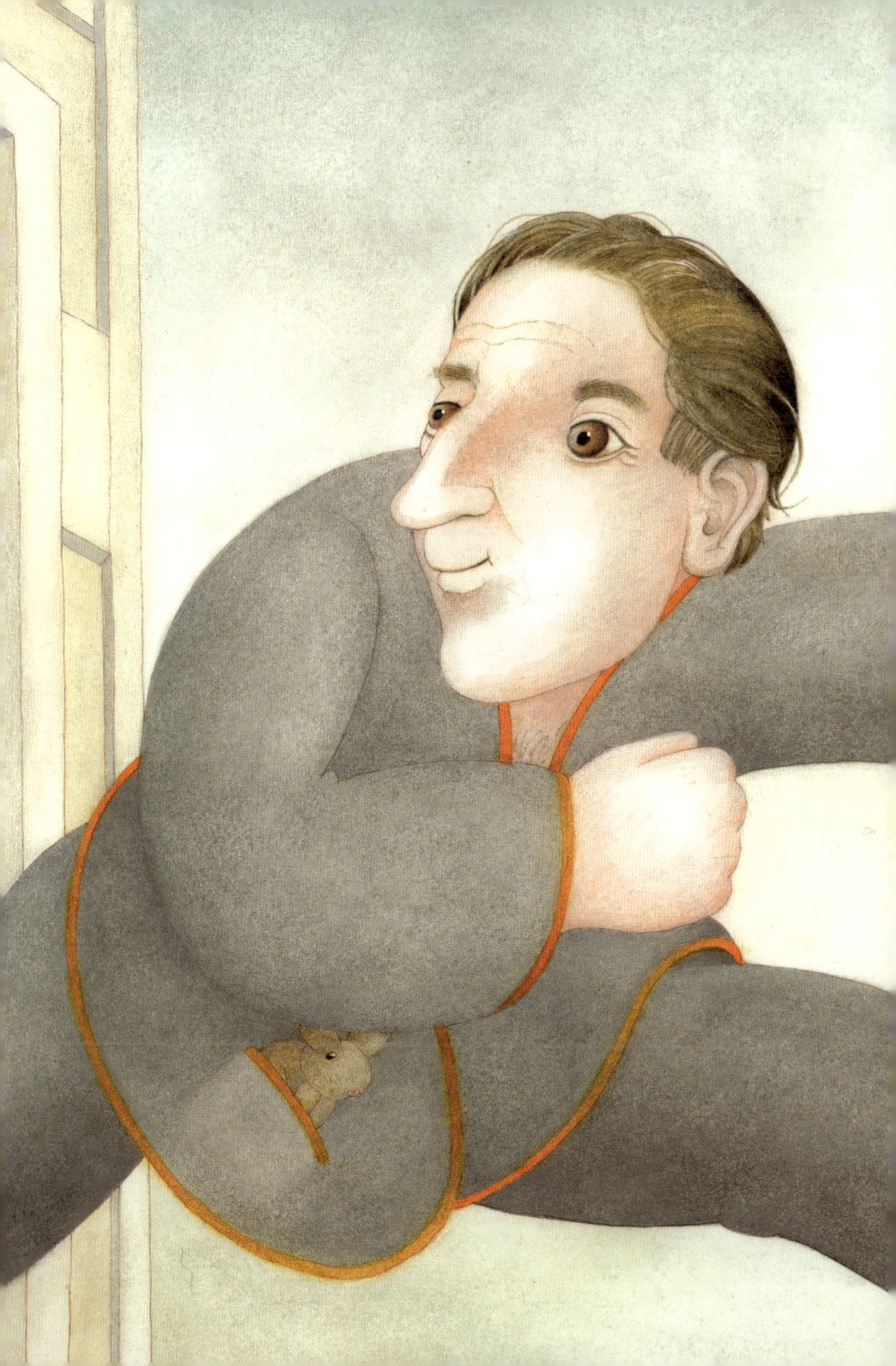

何塞特在门后问：

"那你在哪儿呢？"

爸爸回答：

"我不知道，来找我吧。我可能在餐厅里。来找我吧。"

何塞特跑向了餐厅，爸爸开始洗漱了。何塞特的小脚在奔跑，她来到了餐厅。爸爸得到了片刻的安宁，但过了不久，何塞特又回到了浴室的门前。

她对着门大叫：

"我找过了。你不在餐厅。"

爸爸说：

"你没有仔细找。看看桌子下面。"

ANGE PAIN

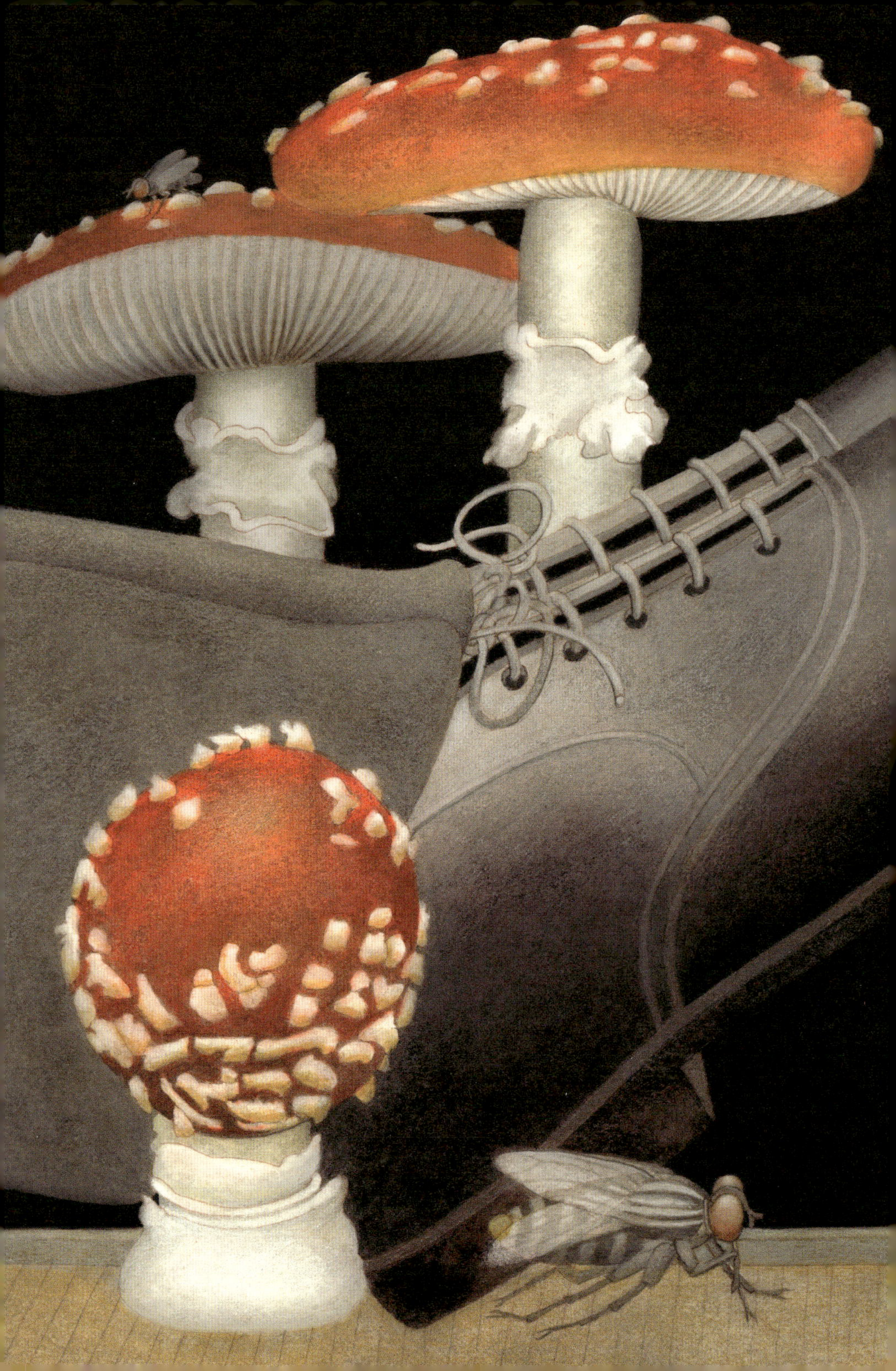

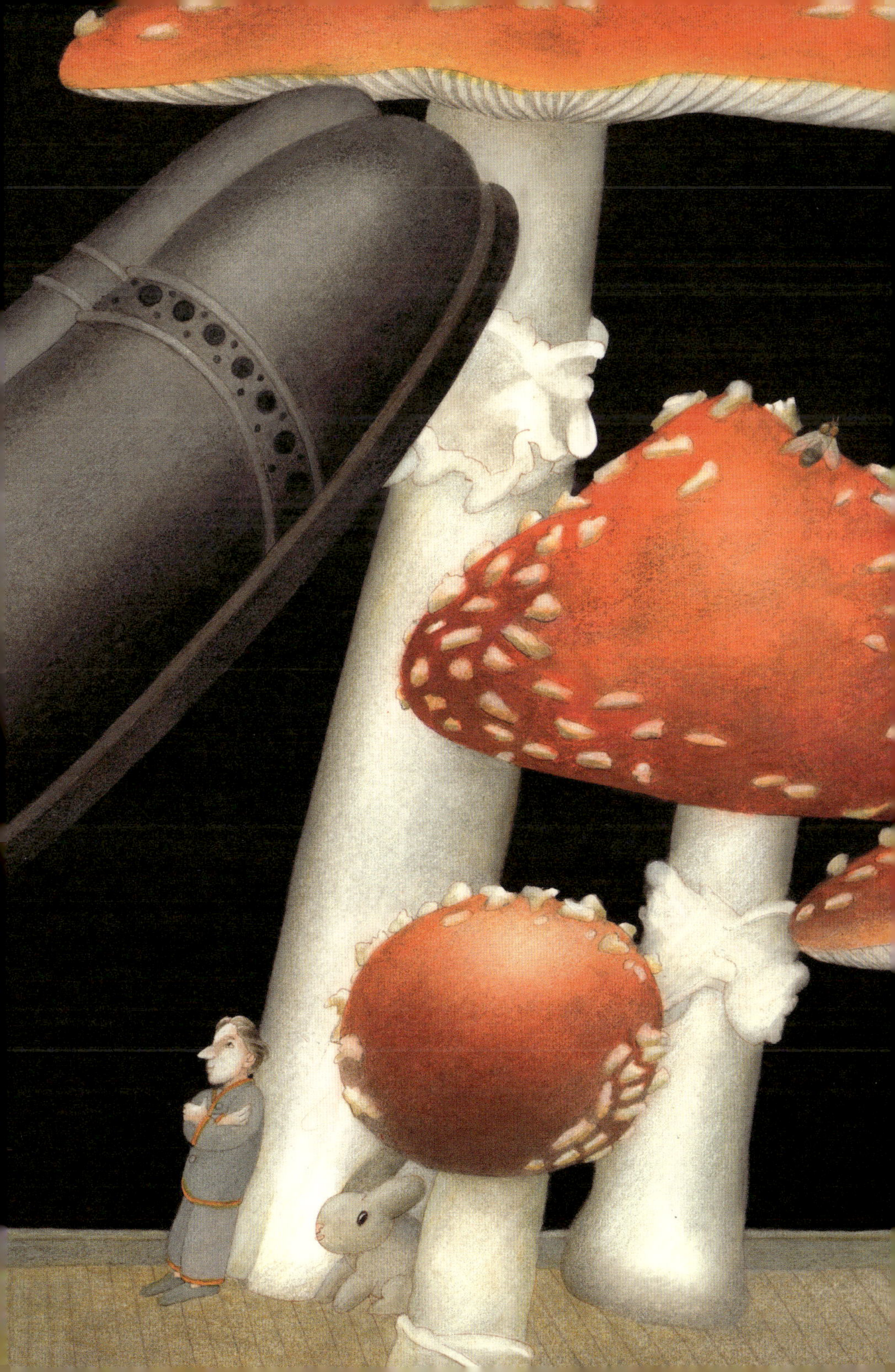

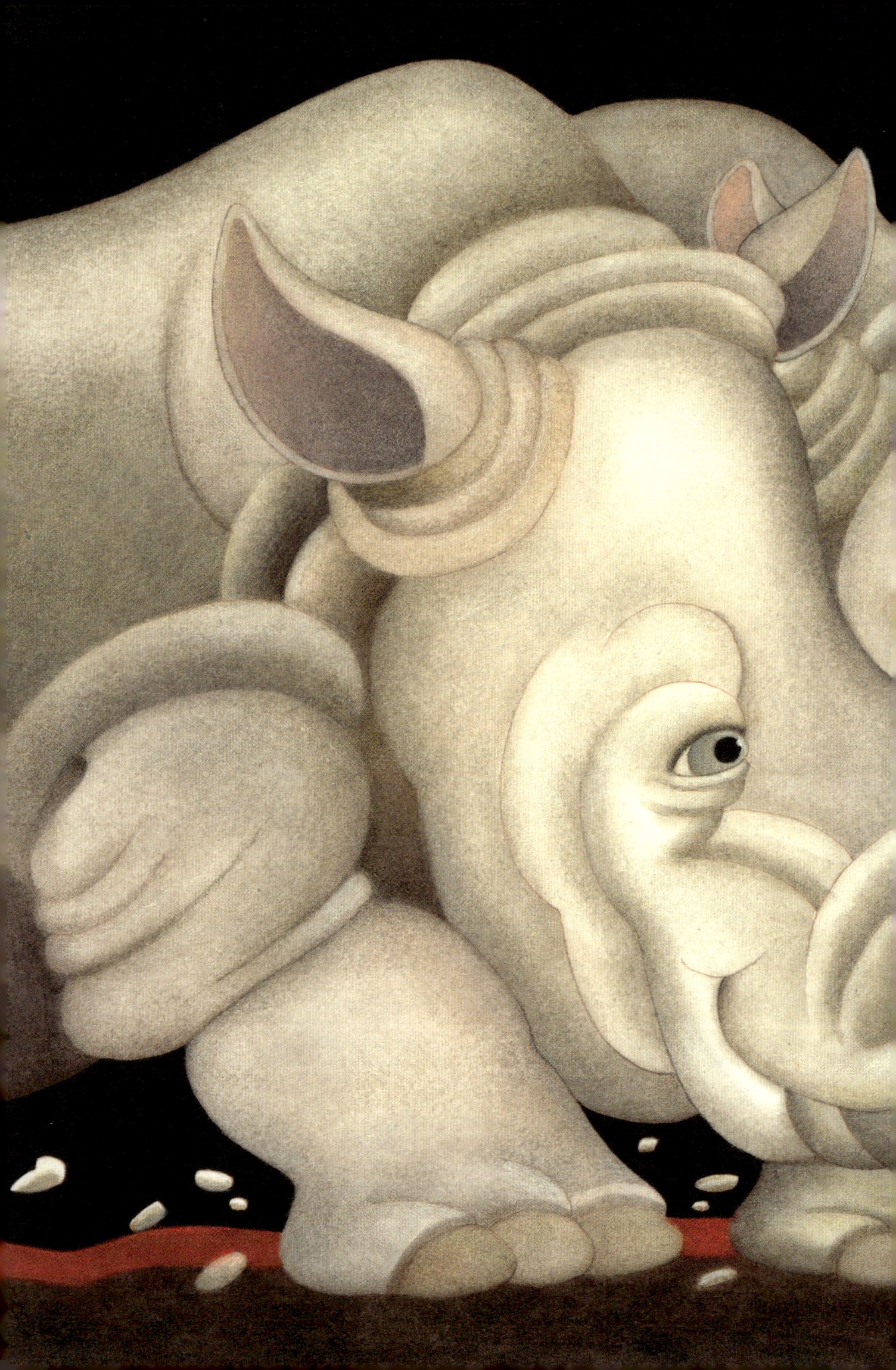

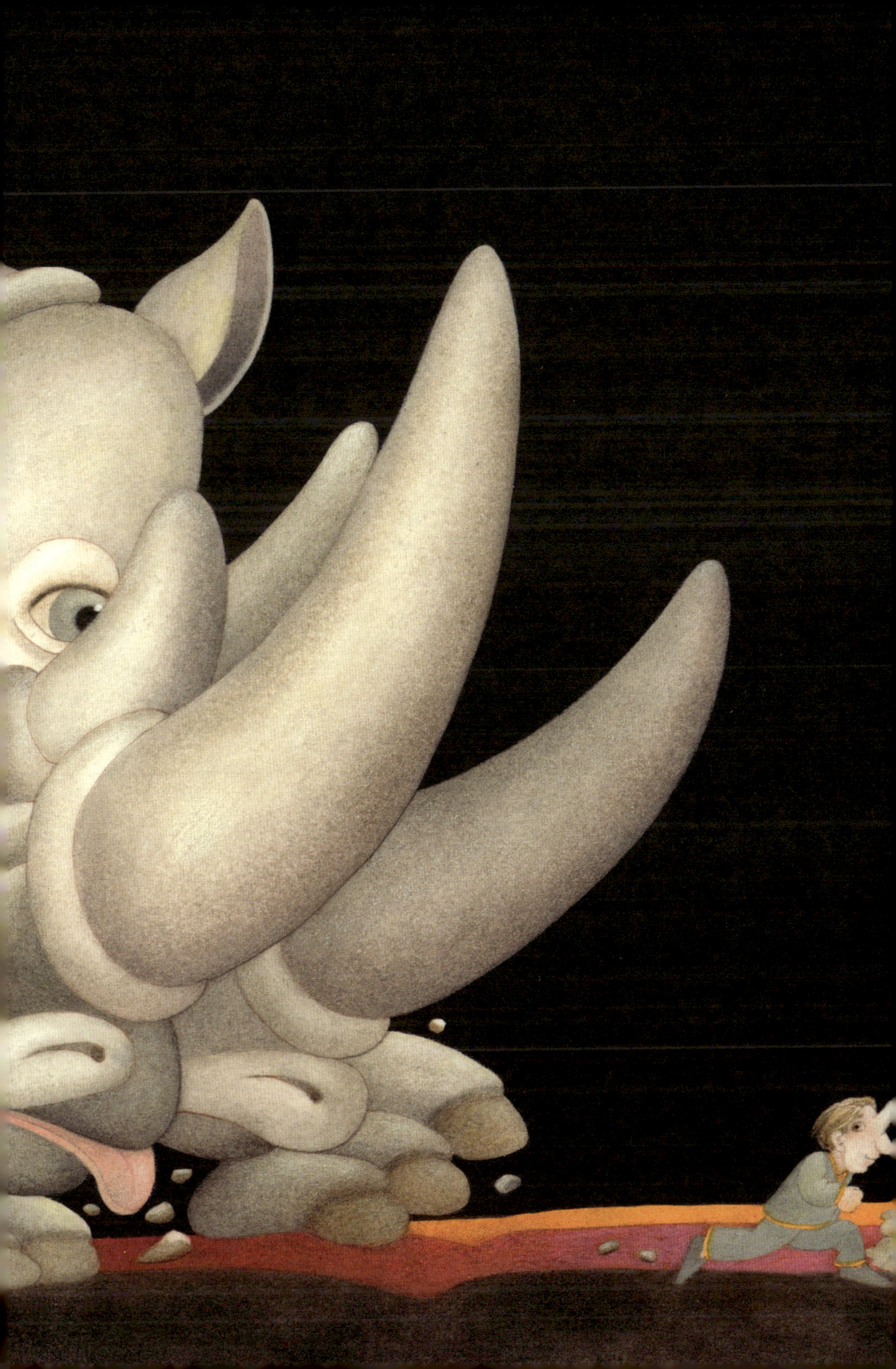

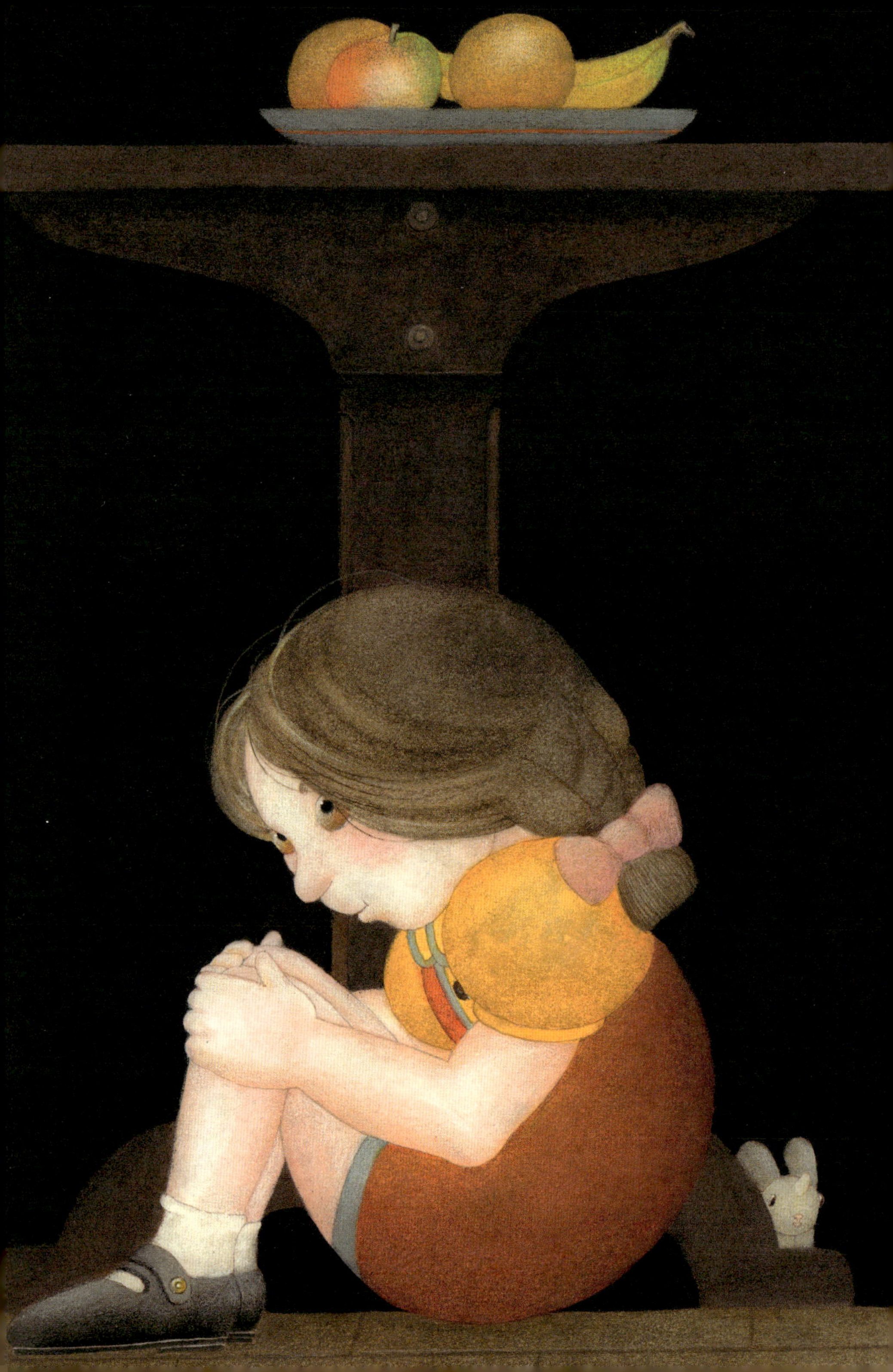

何塞特回到了餐厅。她又跑回来。

她说：

"你不在桌子下面。"

爸爸说：

"那，去客厅找。仔细看看我是不是在椅子上、沙发上、书后面、窗台上。"

何塞特离开了。爸爸得到了片刻的安宁，但过了不久。何塞特回来了。

她说：

"没有，你不在椅子上，你不在窗台上，你不在沙发上，你不在书后，你不在电视机里，你不在客厅里。"

爸爸说：

"那，去看看我是不是在厨房。"

何塞特说：

"我去厨房找你。"

何塞特跑去了厨房。爸爸得到了片刻的安宁，但过了不久。何塞特回来了。

她说：

"你不在厨房。"

爸爸说：

"仔细找找厨房的桌子下面。仔细看看我是不是在餐柜里，仔细看看我是不是在锅子里，仔细看看我是不是在烤鸡的烤箱里。"

何塞特走了,又回来了。爸爸不在烤箱里,爸爸不在锅子里,爸爸不在餐柜里,爸爸不在门垫底下,爸爸不在他裤子的口袋里。裤子的口袋里,只有一块手帕。

何塞特回到了浴室的门前。

何塞特说：

"我到处都找过了。我找不到你。你在哪里？"

爸爸说：

"我在这里。"

爸爸终于完成了洗漱，他刮好了胡子，他穿好了衣服，他打开了门。

他说：

"我在这里。"

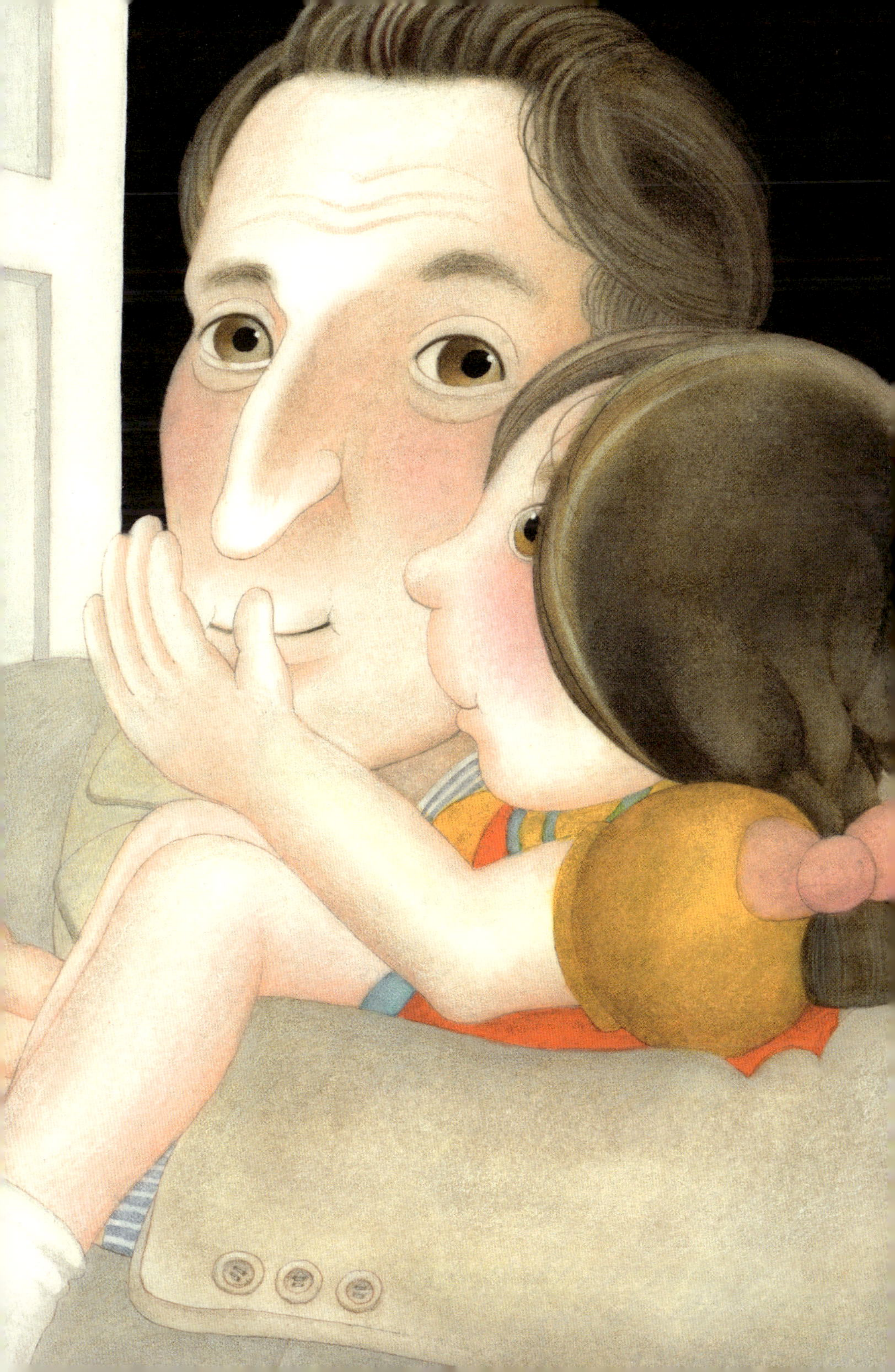

他把何塞特抱进了怀里,与此同时,走廊那一端的房门开了,妈妈回来了。

何塞特跳出了爸爸的怀抱,她又跳进了妈妈的怀抱。

她抱着妈妈说:

"妈妈,我之前去桌子底下、柜子里、地毯下面、镜子后面、厨房里、垃圾桶里找爸爸,但是他不在那里。"

爸爸对妈妈说:

"你回来了我很高兴。乡下漂亮吗?你的妈妈还好吗?"

何塞特说:"还有外婆,她好吗?我们去她家好吗?"

尤内斯库于 1909 年出生于罗马尼亚的斯拉蒂纳。他的母亲具有法国血统，他在法国度过了整个童年。后来他的双亲离异，他的父亲在第一次世界大战时期回到罗马尼亚生活。1925 年，尤内斯库的父亲得到了对他的抚养权，因此尤内斯库和他的妹妹一起去了布加勒斯特。他在那里学习法国文学，遇到了未来的妻子罗迪卡。1938 年，他得到了罗马尼亚的政府奖学金，前往巴黎的索邦大学完成博士论文。第二次世界大战爆发后，他被迫返回罗马尼亚并且放弃了论文。

1942 年，尤内斯库最终返回巴黎定居，并且加入法国国籍。他唯一的孩子玛丽·弗朗斯出生于 1944 年。

他的第一部剧作《秃头歌女》于 1950 年在诺克汤布尔剧场上演，一举打破了当时演出长度的记录，并且所有场次都获得了成功。1954 年，他成为了第一个在有生之年将作品送入普雷雅德图书馆的作家。作为荒诞剧之父，尤内斯库于 1969 年通过他的作品全集获得了摩纳哥皮埃尔王子奖，并于 1971 年在维也纳获得了欧洲文学奖。1970 年，他入选法兰西学术院。1994 年离世。

艾丁·德来塞是位作家和插图画家，他拥有被翻译成15种文字的将近80本著作。他多次与通过实验在儿童心理学邻域达到了最高境界的让·皮亚杰共事。他因为推动青少年图书改革而闻名。

他的画作也曾在《世界报》《纽约时报》《时代周刊》《纽约客》《大西洋周刊》等重要的报章杂志中出现。还曾在欧洲及美国展出。

1975年，卢浮宫装饰艺术博物馆为他举办了一场早期回顾展。1991年，罗马展览宫为他主办了一场欧洲巡展。1997年，洛桑奥林匹克博物馆为他主办了一场包括华盛顿国会图书馆在内的巡回于美国九大城市博物馆的大型展出。

1941年出生于瑞士的他和他的妻子里塔·马绍尔，还有他们的儿子阿德里安一起生活在美国康涅狄格。

照片：马塞尔·伊姆桑

纽约，1967年，下午5点，人流从中央火车站涌出，第42大街被刚完成工作的疯狂男女侵占了。

在那个地方，出版商哈林·奎斯特和弗朗索瓦·鲁伊－维达尔要我提供下一本书所期望合作的作家名字。聊了一会儿之后，我向他们建议了两个人：贝克特和尤内斯库。过了不久，后者同意为我提供四段简短的故事。

作家告诉我，这些故事是根据他与当时尚且年幼的女儿玛丽·弗朗斯之间的，机智而近乎荒诞的问答记叙而成的。另外，得益于父女之间的情感交流，这些故事就如同父女共同创作的舞台剧。

在设计第一段故事的配图时，我感到非常痛苦。为了让那些夏克林的长相相似，我必须寻找灵感，以使得这些幻想故事的配图达到效果。

由于一些不可抗拒因素，从第一册书问世到我完成最后两段故事的配图总共花去了四十年时间。我希望我的配图能与原文的风格保持一致，我也希望我的努力能为作品添加更多的温情和诗意。

既然尘埃落定，那我必须指出，尤内斯库在这四段故事中一直扮演着父亲角色，并为女儿玛丽·弗朗斯取名为何塞特。

第四段故事中父亲臆想的画面来自于他的三部戏剧著作——《椅子》、《阿麦迪与脱身术》和《犀牛》。

艾丁·德来塞

大作家 小童书

★★★

第一辑
---

1. 小狗栗丹　　　　　　〔俄〕契诃夫

2. 奥德赛　　　　　　　〔英〕查尔斯·兰姆

3. 写给孩子们的故事　　〔美〕E.E. 肯明斯

4. 写给女儿的故事　　　〔法〕尤内斯库

5. 夜晚的秘密　　　　　〔法〕米歇尔·图尼埃

6. 画家王福历险记　　　〔法〕玛格丽特·尤瑟纳尔

7. 种树的人　　　　　　〔法〕让·吉奥诺

8. 难解的算数题　　　　〔法〕马塞尔·埃梅

9. 西顿动物故事　　　　〔加〕西顿

10. 列那狐的故事　　　　〔法〕吉罗夫人